I0736751

GEEK GIRL

UN ROMANZO DELLA SERIE "MANIPOLARE IL SISTEMA"

Brenna Aubrey

Traduzione: Mirella Banfi

SILVER GRIFFON ASSOCIATES
ORANGE, CA, USA

ISBN 978-1-940951-94-2
Silver Griffon Associates
P.O. Box 7383
Orange, CA 92863
www.BrennaAubrey.it

Prologo
Voglio un nuovo gioco!

"Voglio un nuovo gioco" - postato sul blog di Girl Geek.

Nota: Ciò che segue dev'essere cantato sulla musica di I want a new drug *di Huey Lewis & the News.*

Voglio un nuovo gioco, uno che non mi annoi.

Uno che non mi faccia sbuffare o non mi faccia sentire un oggetto!

Voglio un nuovo gioco… uno che non mi faccia star male.

Uno che mi dia qualche sensazione

Uno che sembri super reale

Uno che mi faccia sentire come…

Oh, okay, avete capito... e adesso la canzone suona in loop anche nella vostra testa, buon giovedì retrogrado anche a voi!

Allora, qualcuno ha sentito parlare di qualche bel gioco all'orizzonte?

Ne ho FIN QUI degli sparatutto in prima persona (specialmente quelli tipicamente diretti a un pubblico maschile o quelli con le ragazze in pantaloncini striminziti), e penso che andrò fuori di testa se devo scavare altro minerale in Skyrim. Mi sono fatta strada per tutto Dragon Age e ho smanettato in tutta Azeroth. Che altro c'è in giro?

Voglio un nuovo gioco!

È passato un po' e devo trovare nuovi mondi da esplorare. Nuova vita e nuove civilizzazioni. È la mia personale missione quinquennale!

Ho una piccola speranza, però. Il mio coinquilino è riuscito a ottenere un account Beta per un nuovissimo MMORPG, Dragon Epoch. Può invitare una sola persona a unirsi. Indovinate chi l'ha costretto ha vinto la gara per la coinquilina più incantevole e ha ottenuto quel posto?

Giusto. Io! Balletto di Snoopy

Ho un nuovo gioco!

Devo ammetterlo, dopo aver studiato la grafica provo un po' di apprensione. Sì, mie care lettrici, la grafica include i temuti bikini di maglia metallica stile lingerie... perché non c'è niente che dica "irriducibile donna guerriera" come un reggiseno push-up stile Victoria's Secret, nelle vostre tonalità preferite di acciaio inossidabile, bronzo o cromo scintillante. Inserire una super-sbuffata

Spero che il gioco si redima con un contenuto mitico. Una brava ragazza geek che si rispetti può perdonare un sacco di cose quando le presentano del materiale di gioco corposo in cui affondare le sue zanne affilate!

Sì, ragazzi, questo è un segnale per voi di mollare le battute sulle femminucce e l'agenda sessista. Non c'è bisogno che si iscrivano gli "attivisti per i diritti degli uomini"! Le ragazze possono essere fanatiche riguardo ai loro videogiochi come quelli che possiedono gli attributi penzolanti.

E per parlare di loro, quando cominceranno quelli che progettano questi videogiochi a stancarsi di sfogare le loro frustrazioni sessuali disseminando ogni gioco di femmine scarsamente vestite? Quando cominceranno a ideare vestiti più ragionevoli per le donne. Oppure... forse potrebbero semplicemente offrirci un po' di nudità maschile per controbilanciare. Posso, per favore, avere il mio guerriero vichingo che va in battaglia con i suoi addominali luccicanti e un sedere sodo in perizoma a dar spettacolo al mondo? O forse tutta quella beltà maschile è destinata per sempre a essere nascosta sotto una corazza e una conchiglia? Dove può andare una fanatica ragazza geek per trovare un bel ragazzone virtuale?

Accetto consigli. E già che ci siete, assumete un progettista di videogiochi che abbia una vita sessuale sana e normale, oppure, ODDIO, assumete una donna, che sarà meno incline a mostrare le sue fantasie sullo schermo (a meno che quelle fantasie coincidano con le mie). Muchas gracias e merci beaucoup.

Bene, gente, l'avete sentito per primi. Girl Geek sarà una beta tester per il nuovo videogioco, Dragon Epoch e riferirò al più presto. Mi sporcherò le mani in modo che non dobbiate farlo voi e non temete, signore, non farò prigionieri (a meno che lo richieda il gioco, ovviamente!).

Capitolo Uno
Tutto un mondo nuovo

L ESSI L'ACCORDO DI RISERVATEZZA, CERCANDO POSSIBILI scorciatoie che mi permettessero di scrivere del gioco. Ma era breve e preciso.

Accidenti a loro. I beta tester dovevano sempre firmarne uno, ma ero sicura che sarei riuscita ad aggirare a sufficienza la lettera della legge da intrigare i miei lettori. Okay, allora, proibiva di discutere la meccanica del gioco, elementi del gioco o di divulgare particolari sulle missioni. *Particolari, particolari.*

Dopo la firma digitale e aver inviato il documento, rilessi l'ultima parte del mio post più recente, feci qualche aggiustamento e poi cliccai "pubblica" sul mio blog. Non era facile produrre materiale da pubblicare quotidianamente, ma mi stava ripagando. I lettori aumentavano di giorno in giorno, ancora di più da quando avevo cominciato a parlare di Dragon Epoch.

Non ero l'*unica* persona eccitata per il nuovo videogioco.

Mi cadde lo sguardo sul mio libro di testo, solo e negletto in fondo alla scrivania. Tutto lo scrivere di videogiochi sul blog non stava interferendo con i miei studi, *per ora.* Ma il nuovo gioco, sommato al lavoro all'ospedale che avevo cominciato solo il mese prima, mi preoccupava. Che effetti di dilatazione del tempo avrebbe avuto Dragon Epoch? Avrebbe risucchiato in un batter d'occhio ore e ore dalla mia vita? *Pericolo, Will Robinson!*

Meno male che non avevo una vita sociale. Avevo qualche conoscente, grazie a un gruppo di studio di biologia, ma quando eravamo insieme parlavamo di terminologia medica, ci commiseravamo per l'esame di ammissione che incombeva e studiavamo la migliore strategia su come rimpolpare il nostro curriculum per la facoltà di medicina.

Appena dopo aver postato sul blog, lo schermo del mio computer impazzì: linee e onde coprirono la schermo. Diedi una botta sul fianco al voluminoso monitor. *Maledizione!* Non poteva abbandonarmi proprio adesso. Non con questo nuovo favoloso gioco all'orizzonte.

E non adesso che i miei introiti del blog stavano aumentando. A quando pare pubblicare regolarmente nuovi contenuti serviva a qualcosa, era quasi un secondo lavoro. Poteva risultare redditizio. Un giorno. Anche se sospettavo che se avessi calcolato quanto tempo vi dedicavo e quanto ne ricavavo, avrei scoperto che era solo qualche centesimo l'ora. Non molto meno del lavoro di inserviente/assistente infermiera all'ospedale, in effetti.

Ma lo facevo perché adoravo scrivere e parlare del mio hobby preferito: i videogiochi!

Almeno fare la blogger era divertente. Per ora. Poi avrei trovato un modo.

La porta d'ingresso si aprì e sbatté un secondo dopo, proprio mentre stavo pestando sulla tastiera. Entrò il mio coinquilino, in tempo per essere testimone del mio sfogo. Strinse gli occhi, guardando la scena.

«Che c'è, Mia?» Gettò il suo zaino sul divano (dal quale avrei dovuto toglierlo *io* qualche ora dopo, probabilmente). Il mio coinquilino, Heath Bowman, non era la persona più ordinata al mondo. A dire il vero era uno sciattone. Ma dato che era miofratello-da-una-madre-diversa, lo tolleravo. E, proprio come una brava sorella, lo rampognavo, spesso.

«Ti serve un nuovo monitor» disse. «Diavolo, ti servirebbe tutto nuovo, ma non importa.»

«Wow, lavoro di deduzione impressionante, Sherlock.» Mi appoggiai allo schienale della sedia, ripiegando le braccia sul petto e dandogli una bella occhiata. Heath era alto, muscoloso e biondo come un antico vichingo. Un bel ragazzo, anche se non avrei mai pensato a lui in *quel* modo. Ottimo, dato che oltre a tutto era gay quanto io ero etero. «Che cosa hai intenzione di fare per il bis? Ti caghi sotto?»

Heath mi guardò stupito. «Dio, se sei scorbutica oggi.»

Mi massaggiai il punto dolente sulla nuca. «Non ho dormito bene la notte scorsa e mi sono addormentata al corso di letteratura questa mattina. L'insegnante mi ha richiamato. È stato imbarazzante.»

Heath mi guardò preoccupato. «Che cos'è questa improvvisa insonnia? È la terza volta nelle ultime due settimane.»

Feci spallucce. «Non ne ho idea. Forse nervosismo per il test di ammissione.» Già, il temutissimo test di ammissione... Stavo cercando di fare l'indifferente. Cercando di includere un minimo di un'ora di studio ogni giorno, ma, man mano che la data del test si avvicinava, la mia ansia sembrava aumentare diventando vera angoscia.

Meditazione. Avevo bisogno di fare meditazione, nel mio copioso tempo libero. Dato che la *medicazione* non sembrava comunque una scelta possibile.

«Ti stai stressando per niente. Hai mesi per prepararti e tu impari per osmosi.»

Storsi la bocca. «Sei geloso.»

Heath fece spallucce. Non era mai stato tipo da scuola. Specialmente i test. Ed era il motivo per cui era andato al college pubblico, e aveva già finito, mentre io frequentavo un'università vicina, la Chapman. Poi si era trovato un bel lavoro come web designer, un lavoro che gli permetteva di lavorare spesso da casa.

Heath indicò il mio monitor problematico. «Ho appena ricevuto un bonus per aver finito di riprogettare il sito della Harrison & Sons con un mese d'anticipo. Lo userò per prendermi un monitor e una scheda video da sballo, in modo da potermi godere Dragon Epoch in tutta la sua gloria. Ti darò il mio vecchio monitor. Inoltre, nessuno usa più quegli enormi CRT adesso. Fanno schifo e occupano troppo spazio. Quel computer risale all'era giurassica.»

Balzai fuori dalla sedia e gli misi le braccia al collo, baciandolo sulla guancia. Lui fece la solita faccia schifata, come mi aspettavo. Heath, il mio caro amico, non cambiava mai. E non era cambiato molto nel quasi decennio da quando lo conoscevo.

«Sei forte, amico. Grazie.»

«Bene. Potrai ripagarmi quando sarai un medico ricco e famoso.»

Sorrisi. «Certo, consigli medici gratuiti per tutta la vita.»

Lui sbuffò. «Peeerfeeetto.» E con quello, sparì nella sua stanza. Ovviamente lasciò lo zaino sul divano, dimenticato finché mi ci sedetti sopra per caso ore dopo.

Già. Non cambiava mai...

Per esempio, manteneva sempre le sue promesse e questo significò che, solo qualche giorno dopo, Heath portò a casa il suo nuovo monitor e, altrettanto in fretta, smontò il mio computer per far funzionare l'apparecchio giurassico.

«Cristo, mi sembra di essere a uno scavo archeologico» sbuffò, sistemando le schede all'interno. Prese una bomboletta di aria compressa e cominciò a soffiare le viscere della mia macchina, lo ammetto, antica. Quando soffiò l'aria fredda si alzarono nuvole di polvere dappertutto.

Il boyfriend di Heath, Brian, era seduto vicino e agitò melodrammaticamente la mano davanti alla faccia, tossendo. «Accidenti, qualcuno deve imparare a fare meglio le pulizie» mi rimproverò, guardandomi altezzosamente.

Anche se in effetti sentivo le guance e la fronte che si scaldavano, per il nervosismo, feci quello che facevo sempre e mi morsi la lingua. Se quell'espressione fosse stata letterale e non figurativa, mi sarei già staccata mezza lingua.

«Tutti i computer si riempiono di polvere» ribatté Heath in mia difesa. «La faccenda dello scavo archeologico si riferiva all'età della tecnologia. Direttamente dalla civilizzazione di Atlantide di *Stargate*. Quasi mi aspettavo che si aprisse un portale per un altro mondo.»

Mi misi a ridere, per sottolineare la differenza della mia tolleranza nei confronti delle prese in giro di Heath rispetto al sarcasmo di Brian. «Ti piacciono le sfide. Ti sono sempre piaciute.»

«*Sempre piaciute*» ripeté Brian facendo le virgolette in aria, con uno sgradevole tono di voce. «Non vi conoscete da abbastanza tempo per poter fare una dichiarazione simile.»

Mi morsi il labbro. «Penso che conoscerci da metà delle nostre vite lo consenta.»

Brian aggrottò la fronte. «I calcoli sono sbagliati.»

Arrossii di nuovo. Heath, che era impegnato nel suo compito, o almeno così pensavo, alzò la testa. «E che importanza ha?» ribatté seccamente.

Brian non rispose, si limitò ad alzare le spalle e a sbuffare. Si alzò da dov'era seduto sul bracciolo del divano e prese il suo zaino. «Devo andare. Ci vediamo.»

Heath divenne teso quando Brian andò direttamente alla porta, senza un bacio di saluto o una parola gentile.

Non dissi niente anche se rimasi sorpresa e, qualche minuto dopo, Heath tornò al lavoro. Lo guardai accigliata, chiedendomi che cosa ci fosse in ballo tra quei due. Potevo osare dirgli quanto mi irritava il modo in cui Brian si comportava con lui? Segni di denti sulla lingua. Ecco quello che avrei ottenuto…

Dopo altri dieci minuti, Heath si rialzò, asciugandosi la fronte con il dorso della mano con un gesto melodrammatico. «Ecco fatto… la dimostrazione del miracolo delle mie capacità in Paleontologia Computeristica.»

Battei le mani, eccitata. «Grazie!» Heath accettò la mia gratitudine facendo un breve cenno con la testa, ovviamente distratto. Forse pensava alla dimostrazione di scortesia di Brian. Mi schiarii la voce. «Allora… questa sera ci colleghiamo alla nuova beta, giusto?» chiesi arcuando le sopracciglia.

Heath mi guardò di sottecchi prima di alzarsi e dirigersi verso la cucina. Dal profumo, sembrava avesse preparato il caffè. Lo seguii, confusa. C'era decisamente qualcosa in ballo, visibile nella tensione delle sue spalle e dalla sua postura rigida.

«Voi due non andate più d'accordo?»

Heath sospirò e fece spallucce, ma tenne la schiena rivolta verso di me mentre si versava una tazza di caffè.

Ancora silenzio. Mi appoggiai al ripiano e ripiegai le braccia sul petto, cercando di resistere al desiderio di prendermela con il piccolo idiota. A Brian sembrava piacere assillare il mio miglior amico e tirava fuori la mamma orsa che c'era in me.

Si frequentavano da sei mesi e le cose erano state difficili fin dall'inizio. Ma dato che Brian era il primo boyfriend fisso per Heath, dopo una lunga serie di avventurette, ero stata entusiasta per lui... all'inizio. Poi i dubbi avevano cominciato ad accumularsi con ogni pretesa da diva di Brian. Litigavano, parecchio, ma Heath era innamorato e deciso a far funzionare la relazione.

Detestavo, *detestavo*, vedere ferito il mio amico. «Che cos'era questa volta?» gli chiesi.

Heath fece spallucce, voltandosi a guardarmi. «Vuole un maggior impegno da parte mia.»

Lasciai uscire il fiato che stavo trattenendo. «State insieme da mesi, siete monogami. Che altro può volere? Il matrimonio?»

Heath strinse i denti ma non rispose.

Sbuffai. Forse si trattava di quello. «Fai pure, amico. Ma dovrai fare da solo. Io non mi sposerò *mai*.»

Heath alzò la caraffa del caffè, come per chiedermi se lo volevo. Scossi la testa. «Così hai detto. Finirai per essere una suora, senza la parte della religione.»

Feci una smorfia ma non dissi niente, aspettando che rispondesse alla mia domanda. Heath si passò la mano nei capelli biondo scuro e sospirò prima di rispondere. «Vuole che viviamo insieme.»

Aspettai un momento che continuasse. Un altro momento. Ci guardammo negli occhi. Alzai le spalle. «Perché non lo inviti a trasferirsi qui, allora?»

«Da soli. Solo noi due.»

Un altro momento, questo imbarazzato e teso. Distolsi gli occhi. *Che cosa avrei potuto dire?* Ovviamente aveva il diritto di vivere con Brian, da soli, se lo desiderava.

Strinsi più forte le braccia sopra i gomiti. Cercai di non far vedere quanto la cosa mi ferisse, ma non riuscivo a impedirmi di sentire il dolore. Inghiottii prima di parlare di nuovo. «Okay. Allora.»

Mentre beveva il caffè, la sua postura divenne ancora più rigida, probabilmente ricordando il conflitto. «Gli ho detto niente da fare. Non ho intenzione di gettarti per strada. Ha fatto una scenata, dicendo che tu, per me, sei più importante di lui.»

Bene, questo spiegava la dose extra di sarcasmo del pomeriggio.

Avevo avuto ben presto l'impressione di non piacere a Brian. Non ho mai preteso di essere la persona più amabile al mondo, ma il suo comportamento sembrava più dettato dalla gelosia. Ed era ridicolo. Né Heath né io avevamo fratelli o sorelle e lo eravamo diventati l'uno per l'altro. Heath era gay al cento percento e non avrebbe mai provato interesse per me, amicizia a parte, e a me stava benissimo così. Ma Brian era geloso del tempo, per poco che fosse, che Heath passava con me e non con lui. Mi ero silenziosamente chiesta se Brian avesse altri interessi o hobby a parte stare con Heath. Nessuno, a quanto pareva.

Anche se sentivo un grosso peso sullo stomaco e mi sentivo vagamente tradita solo perché Heath stava prendendo in considerazione quella possibilità, me lo feci passare e lo tolsi dai guai. «Beh, non dovrai necessariamente gettarmi per strada, sai. Posso trovare un posto tutto mio, se vuoi condividere questo appartamento con lui.»

Lui scosse vigorosamente la testa e appoggiò la tazza di caffè. «No, tu resti qui. Stavo comunque pensando di comprare un appartamento in un condominio. Ho dei soldi da parte e il prezzo delle case, in questo momento, non è malaccio.»

Lessi tra le righe. Brian non considerava vivibile il nostro appartamento. Mi caddero le spalle al pensiero di vivere qui senza Heath. Vivevamo insieme dal secondo anno di superiori.

A quindici anni, Heath aveva rivelato ai suoi genitori di essere gay e suo padre l'aveva buttato fuori da casa. Mia madre l'aveva accolto a braccia aperte e Heath era diventato un ospite permanente nel Bed & Breakfast della nostra famiglia. Dopo il diploma, ci eravamo trasferiti entrambi in Orange County ed era stato il mio coinquilino per gli ultimi tre anni.

Cercai di non sembrare disperata e vuota come mi sentivo. «Non potrei permettermi di vivere qui da sola e non saprei a chi chiedere di trasferirsi qui. Resta tu e io troverò qualcosa. Magari un appartamento per studenti vicino alla scuola.»

Heath strinse ferocemente le labbra, tanto che divennero bianche. «Detesto veramente questa idea.»

Anch'io… ma non c'era la minima possibilità che gli chiedessi di scegliere tra il suo ragazzo e me.

«Non sarò io la ragione per cui avrai problemi con Brian, okay? Mi sta bene. Tutto ciò che ti chiedo è di lasciarmi un po' di tempo per trovare qualcosa.» Alzai la testa verso di lui, spostando il peso per appoggiarmi al ripiano. «Si calmerà se gli dici che sto cercando qualcosa e che ho fissato una data per trasferirmi. Diciamo un mese o due da adesso?»

«Non meno di due mesi. E se ti serve più…»

Scossi decisamente la testa. «Non avrò bisogno di più tempo. Chiamalo e fagli sapere che ci stiamo lavorando.»

Heath annuì, ma non sembrava contento. E anche se odiavo vedere il mio miglior amico in una relazione difficile, non potevo negare di provare una certa soddisfazione per aver evitato, alla veneranda età di ventun anni, i pro e i contro del navigare una relazione romantica. Avevo imparato nel modo più difficile, e quando ero molto giovane, che le relazioni *non* facevano per me.

Uffa. Era ora di cambiare argomento.

«Allora, la beta per quel nuovo videogioco...» dissi agitando le sopracciglia.

Heath sorrise, visibilmente sollevato. «Sì? Sembra forte, non credi? La grafica. Quel trailer... Draghi super. Missioni dinamiche. Penso di essere morto e di essere finito nel paradiso dei nerd. O che lo sarò presto.»

Ero d'accordo. «Sembra che possa creare dipendenza. Mi prometti che ci collegheremo stasera? Penso che il mio computer abbia i requisiti minimi per farlo girare, se tolgo tutti gli effetti speciali.»

«*A malapena, signore*» disse Heath imitando l'accento di Scotty di *Star Trek*. «Il processore non può sopportare di più, Capitano!»

«Beh, è tutto ciò che ho. E dato che sono la tua giocatrice preferita...»

Heath afferrò la tazza dal ripiano, sorseggiando di nuovo. «Non avresti nemmeno cominciato a giocare se non fosse stato per me...»

«Sei il mio *pusher*» gli dico, ficcandogli un dito nel petto.

Lui sogghignò. «Drogata. Non sono *io* quello che ha passato ventiquattro ore di fila su *Dragon Age*. Quella sei *tu*, bambolina.»

Sospirai, sognante, ricordando con affetto il gioco che avevo amato. «Oh, Alistair...»

Heath appoggiò la tazza e prese il telefono. Fece un respiro profondo e cominciò, presumevo, a mandare un messaggio a Brian. «Okay, siamo d'accordo. Tu e io, stasera. Brian sarà più tranquillo e comunque stasera lavora.»

«Mmm, buono a sapersi» dissi, uscendo dalla cucina. Riuscii a evitare di alzare gli occhi al cielo per quel disastro ambulante che era *Brian*, fino a quando gli ebbi voltato le spalle.

A malapena, signore.

Capitolo Due
Qunado Eloisa incontra Fallen One

La serata portò l'attesissima possibilità di fare da beta tester per il nuovo gioco Dragon Epoch. Finalmente un gioco immersivo da giocare, dopo mesi passati a segnare il passo, rigiocando roba vecchia. Nonostante la grafica, che includeva modelle scarsamente vestite dipinte come snelle donne elfiche con grandi seni che sfidavano la gravità, il gioco sembrava promettente. Quindi feci schioccare le nocche (in senso figurato) e mi sedetti di fronte alla tastiera, pronta a dominare il gioco.

«Wow, guarda questa grafica» disse Heath dalla sua scrivania dove stava studiando lo scenario fantastico sul suo nuovissimo schermo ad alta definizione. Mi ero sforzata di non essere gelosa di lui da quando l'aveva preso, specialmente perché mi aveva passato il suo vecchio e, senza quello, non sarei riuscita a vedere assolutamente niente della grafica.

Tornai al mio schermo, meravigliata dalla rappresentazione artistica del paesaggio di fantasia. Montagne frastagliate in lontananza, prati gialli, ruscelli che scorrevano dolcemente, foreste lussureggianti... Era mozzafiato, anche dopo aver tolto tutte le opzioni in modo da poter far girare un minimo di grafica sul mio computer. Avevo letto che man mano che saremmo andati avanti, il gioco avrebbe rappresentato il passare delle stagioni. Aspettavo con ansia di vederlo.

«Cominciamo la festa!» dissi, una volta completato lo schermo con la creazione del personaggio. Avevo scelto di essere un'incantatrice spirituale, con lunghi capelli neri e negli occhi una sfumatura fluo di viola. L'avevo chiamata Eloisa. Ovviamente la poveretta non aveva uno straccio decente per coprirsi. Le sue natiche erano al vento, completamente esposte agli elementi, e agli sguardi maschili, ovviamente. Strinsi i denti, decisa a procurare alla mia ragazza qualche pezzo di armatura, appena possibile.

«Questo vecchio bacucco di elfo vuole che colga dei fiori per lui» borbottò Heath. «Che cazzo di missione stupida.»

Dopo aver esplorato per qualche minuto, ci trovammo fuori dalle mura della città. E, in effetti, Heath aveva ottenuto una missione da un elfo vestito con una strana uniforme militare, accentuata da un kilt.

«Ooh… che carino!» dissi. «Ha perso il suo vero amore e vuole ricordarla portando dei fiori a un altare in suo onore. Penso che sia veramente romantico.»

«Che ne sai tu del romanticismo?» mi chiese Heath. «La ragazza che non frequenta nessuno. Mai. Dimentica la *girl geek*, sei la *hermit girl*, l'eremita.»

Mi misi a ridere. «La vita sociale è sopravvalutata. Specialmente quando hai un gioco come questo da inaugurare a casa con il tuo miglior amico.»

Dopo la prima ora della nostra nuova droga, avevo capito che sarebbe solo migliorato, che ci sarebbe piaciuto ancora di più, o, peggio, che sarebbe *veramente* diventato la nostra nuova droga. Dipendeva da come lo si guardava.

Il generale SylvanWood (il vecchio elfo bacucco) ci ringraziò per aver completato la sua missione. Poi ci inviò sbrigativamente a un altro personaggio non giocatore (NPC), che diede inizio a un'altra interessante catena di missioni. Ogni missione ci conduceva sempre più in profondità in una situazione virtuale sempre più intricata.

Sì, c'era un po' di duro lavoro da fare, ma che gioco decente non comportava di solito qualche lavoraccio per passare di livello? Ma era perlopiù una storia immersiva, piena di magnifica grafica e dettagli intriganti che chiedevano di essere indagati.

Il gioco era come il crack, o, peggio ancora, la metanfetamina. E ci ubriacavamo solo correndo in giro per Yondareth, il mondo di Dragon Epoch, il nostro più nuovo e interessante metodo di svago.

Non vedevo l'ora di avventurarmi là fuori e vedere chi altri condivideva questo favoloso mondo virtuale. Scoprii che non sarei dovuta restare un'eremita, dopo tutto, perché incontrammo il nostro primo amico quella sera: una guaritrice umana che si era data il nome di Persephone, come la dea degli inferi e regina dell'oltretomba. Quell'incontro era stato semplice, lei aveva messo l'etichetta LFG – *Looking for a group, sto cercando un gruppo* – proprio mentre noi avevamo terribilmente bisogno di guarire dalle ferite riportate nei nostri scontri.

Heath aveva creato il personaggio di un mercenario barbaro, un enorme guerriero che torreggiava sopra la mia modesta, esile donna elfica. Fragged era grande e muscoloso come Heath nella vita reale, con muscoli su muscoli. Per quanto mi riguardava, lui era quello che doveva assorbire i colpi, o, come mi piaceva definirlo, il mio scudo di carne.

«Gente, è tutto interessante, ma ho già qualche reclamo da fare» disse Heath. «Ci sono un mucchio di bellezze da guardare per gli uomini etero. Non molti uomini sexy per i gay.»

«O le ragazze etero» aggiunsi io. «Non dimenticare noi!»

Heath si mise a ridere. «Non avevo intenzione di farlo, ma temo che questo gioco vi abbia veramente dimenticato. Gesù, guarda le tette di quella valchiria. Wow. Non credi che debba far male correre in giro con tutta quella decorazione sul cofano anteriore?»

Oltre la sua spalla, vidi l'avatar di una giocatrice sconosciuta mentre la nostra amica Persephone ridacchiava nella chat vocale.

Feci un sorrisetto. «Dieci a uno che è un maschio che sta giocando. E ha usato le funzioni di personalizzazione per farle due tette più grosse di quelle di Dolly Parton.»

«Uh... vuoi invitarla a unirsi al gruppo e scoprirlo?»

Eh, bingo! Era un maschio, meno di diciotto anni. Quasi caddi dalla sedia quando Persephone gli chiese di punto in bianco se era un maschio e quanti anni avesse. Seriamente, avevo dovuto coprire il microfono con la mano perché stavo ridendo troppo forte. Perfino Heath non riuscì a restare impassibile mentre diventava amico del ragazzotto appena pubescente.

Facemmo gruppo con lui alcune altre volte dopo quella prima sera, sempre scherzando tra di noi di mango, cassave, meloni o qualunque altro frutto scegliessimo quella sera come paragone per le sue tette. Meno male che i creatori di reggiseni di Yondareth erano stati abbastanza industriosi da inventare qualcosa come adeguato supporto, perfino nei giorni in cui il ferretto non era ancora una possibilità. Abilità ingegneristiche gnomesche a portata di dita.

Mi permettevo di collegarmi solo una volta finiti i compiti, più l'ora o due di studio per il test di ammissione. Meno ore lavorative all'ospedale, a causa di problemi di programmazione, fecero sì che potessi collegarmi tutte le sere durante i beta test.

A parte il fatto che capiva veramente il nostro senso dell'umorismo, tra noi e Persephone scattò immediatamente una molla. E più facevamo gruppo con lei, meglio riuscivamo a conoscerla.

«Quasi finito il mana. Ci serve una breve pausa dopo la prossima battaglia» annunciò dopo una stanza particolarmente sfiancante che avevamo dovuto liberare in una serie di caverne sotterranee che portavano alla stanza del trono del re Minotauro.

Chiacchierammo mentre rigenerava il suo mana, la barra blu che le permetteva di gettare incantesimi.

«Allora, voi due dove siete?» Aveva già capito che eravamo coinquilini.

«California del sud. E tu? Devi essere sulla costa occidentale dato che siamo sullo stesso fuso orario.»

«British Columbia» rispose Persephone.

«Wow, un'*aficionada* di birra e poutine, eh?» scherzò Heath.

«La poutine è disgustosa. La birra è tutto» rispose lei.

«Lavori o vai al college?»

«Entrambe le cose. Faccio la babysitter ai computer in una Sysop di notte. Studentessa alla Simon Fraser University di giorno. Il sonno è optional.»

Le demmo i nostri dettagli, insieme ai nostri veri nomi. Lei ci disse che si chiamava Katya.

Avevo solo giocherellato con i giochi MMORPG (gioco di ruolo online multigiocatore di massa) prima di questo (*colpetto di tosse* World of Warcraft, *colpetto di tosse*) ma adesso capivo veramente il fascino di giocare con gente nuova. Prima, mi stancavo presto di giocatori il cui unico divertimento era rendere difficile la vita a tutti gli altri intorno. Ma le politiche e i termini di servizio di questo gioco avevano messo abbondantemente in chiaro che comportamenti simili non sarebbero stati tollerati.

Le missioni che intraprendevamo mi portavano in zone più ampie e più pericolose e ad altre missioni da compiere. In effetti, il gioco sembrava una serie infinita di missioni. E adoravo ogni minuto, perfino di quelle più noiose, perché la compagnia era favolosa. E comunque ogni gioco aveva i suoi momenti noiosi, ma necessari, quindi almeno in questo c'era una storia interessante dietro anche la più semplice delle missioni. Come sentirsi chiedere di andare in un campo vicino e raccogliere dei narcisi per un barcollante ma gentile vecchio elfo in onore del suo amore perduto.

Katya stava diventando molto velocemente la nostra referente quando lavoravamo insieme alle missioni e salivamo di livello. E, anche se eravamo arrivati a sostenerci l'uno all'altro, divenne presto chiaro che avevamo bisogno di qualcuno che facesse più danni, in modo da poter uccidere più in fretta i mostri. Capitò a me di incontrarlo, quando fece quasi uccidere il mio personaggio.

Mi facevo gli affari miei, raccoglievo dati sul gioco come materiale per il blog, una volta tolto l'obbligo di riservatezza, ovviamente. Quella sera ero da sola e stavo testando quanto riuscissi a lottare da sola contro i mostri.

Senza i miei due compari con me cominciai a lottare da sola contro alcuni fastidiosi gnoll che proteggevano l'entrata del mucchio di terra fuori dalla loro Tana. Al livello in cui mi trovavo, era già una sfida lottare contro un paio di loro, ma spinsi le mie abilità di incantatrice al massimo del potenziale.

Mentre ne mettevo uno in una trance ipnotica, cominciai a picchiare il suo lagnoso compare. L'uomo-iena riuscì a piazzare qualche buon colpo prima che lo finissi.

Sfortunatamente, mentre cadeva a terra e io rivolgevo la mia attenzione allo gnoll barcollante che aspettava la mia magica ira, un lanciere sprovveduto arrivò dal nulla per aiutarmi e "salvarmi".

La faccenda con le trance ipnotiche è che, una volta che il soggetto si sveglia, è enormemente incazzato con la persona che ha gettato l'incantesimo. Così, anche se questo personaggio con una lunga barba bianca aveva cominciato ad attaccare lo gnoll con la sua lancia gigantesca per aiutare me, l'uomo-iena si scatenò contro di *me!*

Essendo un'incantatrice minuta, non avevo molti punti ferita. Anche pochi colpi facevano male. Tanto.

Maledizione, scrissi mentre riuscivo a lanciare un incantesimo "ricordo sfocato" che avrebbe cancellato l'odio dello gnoll per me, ma avrebbe anche dato tutto il credito per l'uccisione al lanciere. *Perché stai facendo fuori il mio gnoll?*

Il lanciere continuò a colpire la creatura con la sua picca. Rispose: *Ti sto aiutando. Ho visto che avevi due mostri contro. Non volevo che venissi uccisa.*

Scagliai il mio incantesimo nucleare più massiccio e bruciai metà dei punti ferita dello gnoll. *Era tutto sotto controllo. Era in trance.*

Il lanciere, FallenOne, così diceva il nome in azzurro brillante sopra la sua testa, si tirò immediatamente indietro. *Oh, merda, mi dispiace. Pensavo che fossi sotto attacco. Non avevo capito che avevi la situazione sotto controllo.*

Sei un tale pivellino, risposi. *Non colpire mai un mostro in trance, altrimenti starai solo rubando punti uccisione e scroccando punti esperienza da un altro giocatore.*

Per ciò che vale, non credo di aver mai visto un'incantatrice giocare in quel modo... rispose. È una classe difficile in cui giocare da soli.

Mentre lanciavo il mio ultimo incantesimo e il cadavere dello gnoll piombava al suolo, FallenOne espresse la sua emozione, piegandosi su un ginocchio. Il messaggio privato lampeggiò sul mio schermo. *Le mie scuse, milady. Non stavo cercando di rubare il vostro mostro. Come posso farmi perdonare?*

Mi battei il dito sulle labbra, riflettendo. Diceva sul serio o era solo un principiante minorenne che cercava di entrare nelle mie grazie in modo che gli lanciassi qualche incantesimo benefico e lo mandassi per la sua strada?

D'altro canto, con la sua picca, la sua classe poteva fare ingenti danni al secondo (DPS). Poteva essere utile, purché non fosse un neofita idiota.

Al mio gruppo servirebbe un DPS, purché tu non sia troppo un pivellino, scrissi.

Lui fece un inchino. *Prometto di non fare di nuovo casino.*

Feci una pausa. Beh, potevamo monitorarlo, immagino. Per vedere se si sarebbe dimostrato anche solo remotamente utile.

Gioca con noi per un'ora. Se ci sarai utile, magari potremmo tenerti più a lungo. Mi morsi il labbro per non sorridere malignamente. Gente, potevo essere veramente una stronza quando volevo. Ma, ehi, con ogni probabilità non si sarebbe nemmeno fatto vivo.

Domani sera, alle 21, fuso orario del Pacifico. Vieni alle porte della città e comporremo il gruppo.

Senza esitare, lui fece un altro inchino. *Servitore vostro, milady.*

Però, conosceva il linguaggio giusto per l'epoca. Forse era più esperto di videogiochi fantasy di quanto avesse fatto intendere al primo incontro.

Cominciai il procedimento per "accamparmi fuori" dal gioco, facendo sedere il mio personaggio. Ci vollero circa trenta secondi. Proprio un attimo prima di scomparire, gli risposi: *Vedremo. Domani, ore 21.*

Finii la giornata con lo studio per il test secondo quanto mi ero imposta. Due ore, probabilmente sarebbero bastate per recuperare il fatto di dover lavorare all'ospedale il giorno dopo e poi giocare con il gruppo la sera.

E in effetti, quando ci collegammo all'ora prevista, FallenOne era online e ci aspettava. Un attimo dopo essere apparso alle porte della città, fece un inchino profondo.

Sorpresa, e anche un po' impressionata, informai alla svelta i membri del mio gruppo nella chat vocale di quello che era successo. Poi invitai FallenOne a unirsi a noi.

Diversamente da Heath, Katya e me, FallenOne non usava la chat vocale. Diceva che la sua apparecchiatura non funzionava.

Forse non sa come usare correttamente la funzione di chat vocale. Mi sembra un po' un novellino, dissi in un messaggio privato congiunto a Heath e Katya (che ci aveva detto che potevamo chiamarla "Kat").

Probabilmente è solo timido, rispose Kat.

O forse è solo un povero studente con un'apparecchiatura di merda. Perché voi ragazze dovete sempre immaginare chissà che cosa? Come sempre, Heath doveva "metterci in riga".

La bellezza dei giochi online era che, di necessità, rendeva estroversi anche gli introversi più radicati.

Nonostante il mio men che stellare primo incontro con FallenOne, finimmo per trovarlo molto utile. Aveva una solida conoscenza del gioco, cosa vitale per quelli di noi (cioè tutti e tre) che stavano ancora annaspando in giro cercando di capire come funzionavano le cose.

Le missioni sono a livelli e chiuse, spiegò. Quindi finite prima quelle di basso livello e si apriranno quello di livello più alto. Sono interconnesse, come una ragnatela, o una rete.

Giocavamo da circa dieci giorni, quindi rimasi impressionata. E anche sorpresa che fosse ancora al nostro stesso livello. «Come fai a sapere tanto di questo gioco?» chiese Persephone durante la nostra prima sera insieme come gruppo.

So come funziona, fu la sua unica risposta. C'è stato un alfa test chiuso prima di questo, sapete, questo beta test può essere chiuso, ma il beta stress test si apre tra due settimane. Sarete tutti esperti per il beta aperto, gente.

Ci fu una lunga pausa tra di noi.

«Ohhhkay, FallenOne, sei ufficialmente l'uomo del mistero» dichiarò Heath.

Proprio come piace a me, rispose FallenOne.

«Questo significa che non possiamo sapere, età, sesso e luogo?»

Lui rispose con un malizioso: *età = abbastanza vecchio da saperne abbastanza, sesso = il più spesso possibile e luogo = qui e là.*

«E a Yondareth, ovviamente» risposi maliziosamente. «Dove le tette sfidano la gravità e gli uomini sono forti e robusti e vanno bene per tutti. Eccetto per quelli cui piacciono gli uomini, cioè» dissi ridendo, mentre Heath faceva una smorfia.

Aspetta, cosa? chiese FallenOne.

Ah, ovviamente non se n'era accorto. Vedere donne di fantasia scarsamente vestite era diventata la norma, tanto che la maggior parte degli uomini lo accettava senza porsi domande. Un altro uomo sprovveduto da educare! Girl Geek si sporca le mani in modo che il resto dell'umanità femminile non debba farlo (a meno che lo voglia, ovviamente).

«Volevo solo dire che non credo che i creatori del gioco si rendano conto che giocano anche le donne.»

Sono sicuro che se ne rendano conto. Perché non dovrebbero? Ma ovviamente saranno più orientati verso il mercato maschile. Dopotutto le statistiche sono statistiche e la maggior parte dei giocatori di questo tipo di gioco sono maschi.

«Pfui, già» dissi. «E così sarà sempre, a meno che abbassino un po' i toni sull'armatura modello lingerie striminzita e le tette enormi.»

Io non ho niente contro le tette enormi. Mi piace un bel paio di tette.

«Allora dovrebbero darci dei bei pacchi rigonfi come compensazione» disse Heath.

«O addominali luccicanti!» aggiunsi io.

Ma, da ragazza, non vuoi che il tuo personaggio sia sexy nel gioco?

«Anche le ragazze possono essere delle dure. Non solo belle da vedere» s'inserì Katya.

Sono sicuro che i produttori del gioco apprezzerebbero questo tipo di feedback dai beta tester. "Più maschioni per i personaggi femminili".

«O meglio ancora: uguali opportunità! Penso che lo posterò nella scatola virtuale dei suggerimenti» dissi, sarcastica. «Peccato che lo cancelleranno senza nemmeno leggerlo.»

Mmm, il sarcasmo è forte in lei.

«Oh, Fallen, non ne hai idea. Vivo con Sua Maestà, la monarca regnante di Tutte Le Cose Sarcastiche. E, credimi, c'è ancora parecchio da dove è venuta quella.»

«Ho dei modi per sfogarmi quando il sarcasmo trabocca» dissi.

Mi chiedo se il gioco sarà all'altezza dei tuoi standard incredibilmente alti, Eloisa.

«In effetti, la penna è più forte della spada» rispose Heath. «In questo caso, letteralmente, la penna virtuale diventa più potente della spada virtuale a Yondareth.»

Sei una scrittrice?

Feci segno a Heath di non parlare, ma aveva già detto troppo. «Peggio ancora, è una blogger, amico mio.»

Mostrai il medio a Heath attraverso il tavolo che condividevamo e lui mi fece la linguaccia.

Hai un blog? Che cosa riguarda? Videogiochi, fotografia, lavoro a maglia?

Heath scoppiò a ridere e intervenni prima che potesse rispondere. «Heath non ha il permesso di dare ulteriori informazioni sul mio blog, pena la morte. E, *credimi*, posso renderla molto dolorosa.»

«Il suo blog parla di videogiochi e femminismo. Visto? Non ho paura di te!» Heath mi fece l'occhiolino.

Coprii il microfono e mi rivolsi a Heath. «Potrebbe essere uno di quegli attivisti maschi. Non si sa mai.»

Heath spense il suo microfono e scosse la testa. «Li riconosco lontano un miglio. Si smascherano abbastanza in fretta. FallenOne e io abbiamo chiacchierato in PM tutta la sera. Si capisce che è un tipo a posto.»

Sembra veramente figo! Il link, per favore. Devo leggerlo.

Heath mi guardò con le sopracciglia alzate. «Visto? Inoltre, non è che sappia dove trovarti o roba simile. Questi sono personaggi beta. Possiamo cancellarli in qualunque momento e scegliere nuovi nomi. E voilà, un molestatore non saprebbe più dove trovarci nel gioco.»

Parlo con Fallen tramite la cuffia. «Tra parentesi, non sono consentiti commenti sarcastici. E non puoi far saltare la mia copertura. Non rivelo mai il nome del mio personaggio o su che server sono.»

Ma Heath aveva ragione, anche se Fallen avesse fatto qualcosa del genere, eravamo comunque ancora agli inizi. Poteva anche essere la prova del nove per verificare la sua affidabilità. Se fosse diventato un membro regolare del nostro gruppo, avrei dovuto sapere se era il caso di fidarci, prima di dargli informazioni sensibili. Che miglior modo di metterlo alla prova adesso, mentre potevamo ancora disfarci dei nostri personaggi?

Non vieni molestata o roba simile, vero?

Feci spallucce. «A volte. Niente di serio, fortunatamente.» Ero fortunata. Alcune donne erano state seriamente perseguitate per aver parlato francamente nel *mondo maschile* dei videogiochi. Con minacce di violenza e perfino cyber-attacchi. Una cosa orribile. Ero stata fortunata, visto che la mia piattaforma era piccola.

Heath cominciò a scrivere furiosamente sulla tastiera e immaginai che stesse mandando a Fallen il link del mio blog. Oh, vabbè… scrivevo le mie idee sul blog perché tutti potessero leggerle. Perché non il povero tizio timido con cui avevamo fatto gruppo per quella sera?

Allora, da quanto tempo voi due siete una coppia? chiese all'improvviso Fallen.

«Due chi?» rispose Heath. «Noi due?» Heath mi guardò in faccia e io cominciai a sghignazzare, forte.

«Non è *così* divertente» disse Heath sogghignando. «Non stiamo insieme. Ci siamo solo reciprocamente adottati come fratello e sorella e adesso siamo coinquilini. A me piacciono i maschi. A lei invece non piace la gente in genere.»

Mi morsi il labbro ma annuii approvando la sua spiegazione. «Oooh, magari anche a Fallen piacciono gli uomini. Peccato che tu sia già impegnato.»

Heath mise la mano davanti al microfono e disse: «Vuoi scommettere che questo tizio è un mansueto postino di mezz'età che vive nel seminterrato di sua madre?».

Feci spallucce. In un certo senso speravo di no. FallenOne era intrigante, ma la sua segretezza era preoccupante. C'erano buone probabilità che Heath fosse più vicino alla verità di quanto volessi ammettere.

Avevo parlato a Kat del mio blog all'inizio della settimana e mi aveva detto di averne letto una parte e che le era piaciuto. Aveva perfino chiesto se mi serviva una guest poster. Visto il suo talento come videogiocatrice mi sarebbe piaciuto averla a bordo, gratis, naturalmente.

«Siamo in quattro in questo gruppo. Dovremmo reclutare una quinta persona e creare una gilda» disse all'improvviso Kat. «Potremmo chiamarci *I disadattati!*»

Heath fece una smorfia. «Non mi sembra molto consono al periodo.»

Mi dispiace, non posso unirmi a una gilda, rispose FallenOne. In effetti devo andare. Sono veramente esausto. Stasera mi avete tenuto in ostaggio con le vostre chiacchiere spassose. Avevo quasi dimenticato che mi devo alzare veeraamente presto.

Stupita, controllai l'orologio. Merda, era già mezzanotte e il tempo era passato come fosse fermo. E avevo un corso molto presto il giorno dopo. «Uffa, devo andare anch'io. Laboratorio di analisi chimica al mattino.»

Studi chimica?

«Biologia, voglio fare medicina» risposi.

«Già, è una cervellona. Passa la maggior parte del suo tempo libero studiando, anche quando cerco di attirarla con la promessa di giocare. È proprio una festaiola, già.»

Mi morsi il labbro, abituata alla descrizione di me che facevano da anni. Sì, ero una secchiona che puntava in alto e ne ero fiera. E dovevo veramente, *veramente*, esserlo, viste le mie aspirazioni. Alcuni erano orgogliosi delle descrizioni lusinghiere del loro aspetto. Io ero fiera del mio cervello sopra la media. Anche solo quello teneva lontano la maggior parte degli uomini. I più si lasciavano facilmente intimidire da una donna intelligente.

«Vedremo se sarà stato tutto per niente quando farò il test di ammissione.»

Il test?

«Il test per essere ammessi alla facoltà di medicina. Il grosso scoglio per entrare. Altri quattro mesi.» Lasciai uscire il fiato, nervosa, sentendo la familiare ondata di inquietudine. Per controbatterla, mi ripromisi di passare la pausa pranzo del giorno dopo a studiare invece di guardare vecchie repliche in TV o collegarmi al gioco.

Bene, è stato bello conoscervi. Magari ci vedremo in giro qualche altra volta.

«Dovresti fare di nuovo gruppo con noi, Fallen» disse Kat. «Siamo molto divertenti e ci servirebbe un lanciere DPS.»

Forse! Sono una specie di spirito libero ma vi cercherò sicuramente ancora. Vi ho aggiunto alla mia lista di amici.

«Idem» rispose Heath.

E poi se ne andò.

«Beh, è un tipo strano» disse Heath mentre ci scollegavamo.

Feci spallucce. «È timido. Sembra bravo, però.»

«Non lo rivedremo più» suppose Kat. «O si sposterà su un altro beta test oppure creerà un nuovo personaggio quando si sarà stancato di questo. Uno dei problemi con i MMORPG è che si incontra gente nuova, si diventa amici, si passa un mucchio di tempo insieme, si ride e poi quella persona sparisce senza traccia. L'ho già visto succedere.»

«Beh, sarebbe brutto, ma immagino che sia così che va…»

«Okay, vado anch'io. Buona notte!» disse Katya.

Heath allungò le braccia sopra la testa, stirandosi. «Notte Kat. È ora che vada a dormire anch'io. Devo alzarmi presto domani mattina e aiutare Brian a mettere in vendita alcune delle sue cose su eBay.»

Alzai le sopracciglia. «Ah, sta facendo ordine per prepararsi al trasloco?»

Heath si schiarì la voce, imbarazzato, e, pensai, con un'aria un po' colpevole. «Sì.»

Alzai le spalle e gli rivolsi un sorriso ironico, per aiutarlo ad attenuare il senso di colpa. «Ho un po' di tempo libero questo fine settimana per andare a cercare un appartamento. Ne ho alcuni da controllare. Ti terrò aggiornato.»

«Fammi sapere se vuoi che venga con te.»

«Penso che sia meglio che aiuti Brian. Ma se avrò difficoltà a decidere su un posto, l'ultima parola sarà la tua. Okay?»

Heath annuì. Non sembrava ancora contento. Avevo la sensazione che volesse avere un certo controllo su dovunque sarei finita. Ma doveva accettare il fatto che ero grande, oramai, e che il prossimo passo era mio e solo mio da fare.

E poi andammo a dormire. E non riuscii a ricordarlo completamente più tardi, ma avrei potuto giurare di aver sognato un giocatore nerd che invece di essere un postino semicalvo di mezz'età, era alto, moro e sexy. Con chilometri di muscoli e una voce sexy.

Ah. Figurarsi.

CAPITOLO TRE
IL MISTERO DI FALLENONE

"Quindici domande: com'è la vostra storia di videogiocatori?" - postato sul blog Girl Geek.

Allora, c'è un meme che sta girando sui siti dei giocatori e mi hanno taggato per unirmi al divertimento. Perché no? Girl Geek sta sempre al gioco quando c'è da divertirsi un po'. (Visto che gioco di parole sono riuscita a fare?)

Allora, senza ulteriori indugi.

Girl Geek risponde a Quindici Domande

Qual è il tuo alias da giocatrice?

- *Uhm. È Girl Geek, giusto? Non dovrebbe sorprendere nessuno!*

PC o console?

- *PC. Non ho nemmeno una console. Okay, allora, il mio PC è un insieme di bulloni arrugginiti, ma riesco a giocare al mio videogioco preferito regolando al minimo la grafica e i suoni. Spero di riuscire a passare a qualcosa di meglio, ma i soldi sono pochi! Almeno riesco ancora a scrivere il mio blog con quello, giusto?*

Tastiera o Gamepad?

- *Tastiera. Non sono sofisticata.*

Giocatore singolo o multigiocatore?

- *Multigiocatore, anche se mi piacciono alcuni giochi da singolo. C'è qualcosa nel cameratismo e nel lavorare insieme verso un obiettivo che mi intriga. Mi piace anche conoscere gente nuova tramite i giochi. Mi sono fatta alcuni amici meravigliosi tramite la mia ultima ossessione, Dragon Epoch.*

Qual è stato il tuo primo videogioco?

- *Final Fantasy... Non saprei nemmeno dire quale numero.*

Il videogioco più difficile che hai mai giocato?

- *Tutti gli sparatutto in prima persona (FPS). Perché faccio schifo. Comunque, non ho mai voluto sparare a nessuno. Preferisco friggerli con i miei fulmini o le palle di fuoco!*

Qual è il tuo gioco preferito, in assoluto?

- *La Leggenda di Zelda! La vecchia scuola è affascinante.*

Attualmente, qual è il tuo preferito?

- *Dragon Epoch è il videogioco che mi sta mangiando la vita. E apprezzo ogni secondo, nonostante le mie fissazioni!*

Genere preferito di videogioco?

- *MMORPG, o praticamente qualunque gioco di ruolo.*

Personaggio preferito?

- *Sono indecisa tra Lara Croft, di Tomb Raider, perché è una dura, e Alistair di Dragon Age Origins, che è da sogno. Potrà anche essere fatto di pixel, ma, ragazze, è la perfezione.*

Qual è il personaggio dei videogiochi che detesti di più?

- *Wirt the Peg Peg Boy, di Diablo. Perché, davvero, perché, perché continuiamo a fidarci di quello stronzetto che sta spennando gli eroi di Tristram da anni?*

Che sistema di gioco hai in questo momento?

- *Il mio PC, ed è tutto quello che mi serve. Sono una giocatrice da PC e ne vado fiera. Lascio ad altri le console.*

Da quanto tempo giochi?

\- *Ho cominciato a giocare il secondo anno di superiori, quando sono rimasta assente per parte dell'anno per malattia. Mi ha coinvolto il mio miglior amico. È venuto a vivere con la mia famiglia non molto tempo dopo e siamo diventati co-dipendenti, drogati, in pratica. Abbiamo provato tutto quello che c'era in giro, ma, come ho detto, preferisco i giochi di ruolo rispetto agli sparatutto, mentre il mio amico non è così selettivo. Praticamente, basta che abbia i pixel e faccia bip, e lo adora.*

Quanto è durata la tua sessione di gioco più lunga?

\- *Uhm, sono sicura di voler rivelare una cosa del genere? Una volta ho fatto la nottata (cioè ventiquattrore di fila!)*

Qual è il gioco su cui hai passato più tempo?

\- *Difficile a dirsi... il vecchio record era Final Fantasy, ma datemi tempo e sono sicura che Dragon Epoch finirà in testa. Non ho mai effettivamente controllato quante ore ho passato giocando. Mi fa paura vedere esattamente quanta della mia vita è stata risucchiata dal gioco! Sono terrorizzata, vi dico. L'ignoranza è una benedizione, credetemi.*

Quindi, questo è il mio meme. Spero che vi piaccia. Come sempre, lasciate le vostre domande e risposte nei commenti, ma non sfottetemi o vi cancello.

***

Il messaggio privato di FallenOne lampeggiò sul mio schermo, in una fascia di testo viola.

*FallenOne a te: *Ho letto il tuo blog.*

Mi aveva beccato il giorno dopo mentre lavoravo sul gioco per conto mio. Heath era ancora in giro con Brian e, dopo aver passato qualche ora a studiare per il test, avevo bisogno di una pausa. Quindi ero andata a fare una corsa e poi mi ero collegata per tentare di capire come funzionava la creazione degli oggetti e il sistema di scambi.

Senza dubbio le parti che preferivo del gioco erano le missioni e l'esplorazione dei nuovi territori. Comunque mi aspettavo che i lettori del mio blog avessero domande da fare su altri aspetti del gioco, una volta rilasciato ufficialmente e annullato l'accordo di riservatezza, ovviamente. Avrei dovuto scrivere di come costruire un'armatura, come provvedere al cibo per il personaggio e dargli il massimo della forza, come migliorare le statistiche e le possibilità di rigenerare i punti ferita, come creare grandi sacche per portare tutta la roba virtuale mentre si uccidevano e si saccheggiavano i mostri ecc.

Ma non mi aspettavo che FallenOne apparisse venti minuti dopo essermi collegata e mi mandasse il suo messaggio schietto, senza nemmeno un preambolo.

Fissai il cursore che lampeggiava, di colpo e inesplicabilmente nervosa.

*FallenOne a te: *Sei Mia, vero? Non sei Heath che sta giocando con il personaggio di Mia o roba strana come quella? Forse sei AFK?*

Sbattendo le palpebre, mi resi conto che avevo passato tanto tempo a fissare che non avevo risposto e pensava che fossi AFK, *Away From Keyboard - lontana dalla tastiera.* Mi chinai in avanti, mettendo le dita sulla tastiera.

*Tu a FallenOne: *Hai letto tutti gli articoli? Heath ti ha parlato del blog solo ieri sera!*

*Lui: *Leggo in fretta.*

*Tu: *In realtà sei un computer, vero?*

*Lui: *I computer non hanno opinioni. Comunque, penso che sia veramente un buon blog. Migliore di parecchi di quelli più grandi. Non vedo l'ora di leggere i tuoi post su Dragon Epoch, una volta finiti i beta test.*

*Io: *Sto ancora cercando di elaborare il fatto che hai letto TUTTI i miei articoli. Scrivo quel blog da due anni. C'erano un sacco dei miei sproloqui e invettive da leggere.*

*Lui: alzata di spalle *Mi è piaciuto.*

Masochista, mormorai tra me e me, senza rendermi completamente conto del motivo per cui sorridevo tanto che le guance cominciavano a farmi male.

La nostra conversazione non durò a lungo. Lui doveva andare a lavorare, io dovevo finire alcune cose prima del mio turno serale all'ospedale. Ma fece in modo di trovare di nuovo il nostro gruppo, nonostante ci avesse avvertito che non giocava regolarmente con le stesse persone.

In effetti, nelle settimane successive, FallenOne e io giocammo parecchio insieme quando gli altri non c'erano. Persephone aveva un orario di lavoro assurdo (più che altro il turno di notte, per far funzionare un enorme sistema di computer) e Heath era spesso con Brian, probabilmente alla ricerca di un appartamento da comprare. Io, d'altro canto, stavo studiando per il test, lavoravo per qualche breve turno qua e là, scrivevo sul mio blog, oppure, ed era la mia attività preferita, giocavo. *Non* dormivo molto però. Il mio cervello non si spegneva abbastanza da permettermi di dormire più di qualche ora per notte.

Lo compensavo con un'altra dipendenza: Dr Pepper. Ahhh... la caffeina. La miglior scoperta di sempre.

E FallenOne, il mio giovanotto misterioso, o forse il postino di mezza età che viveva in un seminterrato, a seconda dei casi, sembrava avere i miei stessi orari. Quindi cominciammo a lavorare su missioni secondarie che non richiedevano la cooperazione dell'intero gruppo. E, nel frattempo, ci godevamo le nostre battute argute.

*Io: *Sono sicura al cento percento che il progettista di questo gioco sia un adolescente in età prepuberale sessualmente frustrato.*

*Lui (dopo una lunga pausa): *Che cosa te lo fa dire?*

*Io: *Guarda! Ogni ragazza ha un davanzale perfetto, e voglio dire *perfetto. Seno sodo, ma non statico, e nemmeno floscio. Ampio. Scommetto che quel tizio non ha nemmeno *toccato un seno femminile.*

*Lui: *Non si sa mai...*

*Io: *So di avere ragione.*

*Lui: *Quindi non solo sei una brillante studentessa di biologia e una blogger spiritosa per tutto ciò che riguarda i videogiochi, ma adesso sei anche la sessesperta residente che riesce a giudicare l'esperienza sessuale di un uomo basandosi su una conoscenza limitata?*

Arrossii, con le guance che scottavano. Se solo avesse saputo quant'era lontano dalla verità. Non avevo mai fatto sesso. Nemmeno pseudo-sesso.

*Io: *Pensavi che ti avrei rivelato tutti i miei talenti tutti insieme? Comunque ho qualche articolo che non ho ancora pubblicato su Dragon*

Epoch e che sarà online appena toglieranno l'obbligo di riservatezza. Non vedo l'ora di pubblicarli.

*Lui: *Qual è il verdetto finora?*

*Io: *Abbastanza decente...* (Dopo una pausa) *Chi sto prendendo in giro? Cavoli, è favoloso. Mi piace veramente tantissimo questo gioco. Sto solo aspettando l'inevitabile.*

*Lui: *L'inevitabile? In che senso?*

*Io: *Sto solo aspettando che il gioco mi deluda, immagino. Succede sempre. Ma è passata solo una settimana e ho la sensazione che ci sia molta più Yondareth da esplorare.*

*Lui: *Sì, c'è ancora moltissimo.*

*Io: *Come fai a saperlo?*

*Lui: *Ho i miei metodi.*

*Io: *Allora, da quanto tempo giochi?*

*Lui: *Da anni.*

*Io: *Sei uno studente?*

*Lui: *Si potrebbe dire così.*

*Io: *Ed eccolo di nuovo, l'uomo del mistero.*

*Lui: *Mi piace essere misterioso. Tanto quanto a te piace essere sarcastica.*

*Io: *Beh, non dovresti rendermelo così facile. Posso andare avanti giorni parlando degli insulti al femminismo di cui è pieno il gioco. Forse continuerò con il tema dell'armatura inadeguata per le donne e i ragazzi sessualmente frustrati.*

*Lui: *Ed eccoti che parli ancora di sesso.*

Io: ...

*Lui: *Andiamo ad ammazzare roba o cosa?*

*Io: *Dobbiamo lavorare sulla missione per il generale Come-cavolo-si-chiama.*

*Lui: *sbadiglio

*Io: *Dai, siamo solo al quinto livello. Andiamo a cogliere qualche bel narciso giallo in onore del suo amore perduto!*

*Lui: *I progettisti di questa missione fanno schifo.*

*Io: *sospiro*

Eloisa è entrata nel mondo di Yondareth

FallenOne ed Eloisa escono dalle porte della città, con un cenno di approvazione e il pollice alzato da parte del generale SylvanWood, che fa loro gli auguri e li ringrazia per il loro desiderio di aiutarlo.

"Il campo più avanti." Il generale indica la strada attraverso la barricata della città, oltre la linea della foresta. "In quella prima radura. Crescono solo lì."

Eloisa si rivolge a FallenOne, il lanciere di quinto livello che indossa solo un perizoma e porta un'arma lunga quanto lui è alto. È un personaggio strano, con la testa calva e una lunga barba bianca, un uomo avvizzito che, a quanto sembra, non è vecchio come appare...

Eloisa, d'altro canto, è un'incantatrice spirituale con abiti rivelatori di colori brillanti, ciondoli intricati e gioielli luccicanti, brillanti che le coprono le braccia. Le sue orecchie possono anche essere puntute, ma è tutt'altro che una figuretta su un albero che prepara biscotti e canta. Assomiglia più a una giovane anima antica, una protettrice. Come la leggendaria Galadriel.

Vanno nella foresta, affrontando pipistrelli e scheletri animati. Mentre procedono, cominciano a lavorare insieme. Quando FallenOne muore nella sua terza battaglia contro uno scheletro particolarmente fastidioso, Eloisa ritorna di corsa alle porte della città, per trovare il suo fantasma, in modo da poter recuperare insieme le cose di FallenOne.

"Dai, Fallen, cerchiamo di assicurarci che non succeda di nuovo" dice Eloisa.

"Sono stufo di morire. Credo che dovremo rifare questa missione più tardi" sospira FallenOne, a testa bassa, scoraggiato.

Ma Eloisa è decisa! "Penso di aver capito il trucco. Tentiamo un'altra volta. Se sembrerà che i mostri stiano per ucciderti di nuovo, mi metterò in mezzo io!"

"Sai a che servirebbe! Si scaglierebbero semplicemente contro di me una volta che sarai morta."

"No, perché tu puoi correre più forte e scansarli."

Come si scoprì poi, nessuno dei due doveva sacrificarsi o morire.

Impararono a lavorare insieme. Dato che Fragged non c'è, non hanno un guerriero forte per assorbire i danni e, dato che non c'è nemmeno Persephone, non possono beneficiare della sua magia di guarigione.

Invece hanno la picca di Fallen per causare danni e la magia di Eloisa per rallentare i mostri e così rafforzare le capacità di combattimento di FallenOne.

Hanno... perché hanno capito come farlo insieme.

Alla fine, arrivano tutti d'un pezzo alla radura, dove trovano un campo di papaveri rossi con solo qualche macchia qua e là di fiori di altri colori: viole mammole, calendule e margherite bianche. Trovare il numero richiesto di narcisi gialli è difficile quando devi al contempo lottare contro api giganti, con le teste umanoidi, oltre a tutto, e un giardiniere furioso che ti rincorre agitando una zappa.

"Guardaci" dice FallenOne. "Siamo veramente una bella squadra."

"Sì" risponde Eloisa. "Dammi il cinque, lanciere!"

E così cominciarono le loro avventure a due, mentre passavano il tempo insieme alla sera, per troppe ore.

***

*Tu a FallenOne: *Dov'eri ieri sera?*
*FallenOne a te: *Avevo un appuntamento, scusa.*
*Io: *Oh, interessante... non sapevo che avessi una ragazza.*

Poteva essere pura ipotesi che fosse stato fuori con una ragazza, ma i suoi precedenti commenti sul fatto che gli piacevano le tette mi *avevano* portato a pensare che fosse etero... quindi avevo supposto che fosse una donna.

*Lui: *Non una ragazza, solo un'amica.*
*Io: *(stranamente sollevata) Ah! Gioca a Dragon Epoch?*
*Lui: *No, assolutamente no.*
*Io: *Perché "assolutamente no"? Non staresti mai con una giocatrice o cosa?*
*Lui: *Sto con te, no?*
*Io: *Non è la stessa cosa. Noi non siamo amici nella vita reale.*
*Lui: *È la stessa cosa. Io ti considero un'amica.*
*Io: *Ma scommetto che questa ragazza sa come ti chiami. A me non hai mai detto il tuo nome.*
*Lui: *Non l'hai mai chiesto.*
*Io: *Tu sai il mio. Quid pro quo, sai...*
*Lui: *Quid pro, cosa?*
*Io: *Mi dici come ti chiami. Non essere ottuso.*
*Lui: *Sono naturalmente ottuso, sono un maschio, no?*
*Io: *Ah-ah. Hai letto troppo il mio blog. Forza, sputa il rospo.*
*Lui: *Mi chiamo FallenOne?*
*Io: *Fai schifo. ..|.. (Nel caso non l'avessi capito, questo significa mostrarti virtualmente il dito medio).*
*Lui: *Mi ferisci.*
*Io: *Non m'interessa.*

*Lui: *Mi piace semplicemente avere un personaggio misterioso.*
*Io: *L'avevo capito. Un giorno, presto, riuscirò a fartelo dire.*
*Lui: *Potrebbe perfino piacermi.*

Mmm. Okay. Decisamente eterosessuale.

Aspettate, stava flirtando con me? Dopo essere stato a un "appuntamento" con un'amica? Aggrottai le sopracciglia, perplessa. Le abitudini della gente della mia età, o presumibilmente della mia età, continuavano a lasciami confusa.

*Io: *Beh, comunque, potremmo diventare amici nella vita reale e sarebbe strano chiamarti FallenOne tutte le volte. E se mai verrai in California, potresti venire a trovare Fragged e me. Ci divertiremmo.*
*Lui: *In che parte della California sei? Nord? Sud?*
*Io: *Sud, non lontano da Los Angeles.*
*Lui: *Davvero...*
*Io: *Sembri sorpreso. Tu dove sei?*
*Lui: *Credo che continuerò a essere misterioso.*
*Io: *Pfui.*
*Lui: *In effetti, sono super stanco. Sono le quattro del mattino e mi sto addormentando.*

Doveva essere *veramente* stanco perché aveva appena rivelato, nonostante la sua precedente evasività, che era tre ore avanti rispetto a me, restringendo il campo del suo stato di residenza a uno qualunque dal Maine alla Florida, a est fino al Massachusetts e a ovest fino all'Ohio. Oh, diavolo, non è che avesse ristretto poi tanto il campo.

*Io: *Hai lezione presto?*

*Lui: *Devo uscire per le nove. Non va bene...*
*Io: *Bevi tanta caffeina. Buona notte.*
*Lui: *Zzzzzzzzzz.*

Man mano che passava il tempo e ci trovavamo regolarmente insieme due o tre sere la settimana, diventava sempre più difficile estrargli qualche particolare. Era diventata una missione per me capire com'era FallenOne, ma anche Heath non era d'aiuto.

E, ovviamente, quando Fallen non era con noi, facevamo ipotesi su di lui.

«Forse è una stella del cinema» disse Katya. «Ho sentito che ci sono persone famose a cui piace giocare giochi come questo, in modo da poter socializzare e restare anonimi. Una volta ho letto in un articolo che Henry Cavill stava giocando a World of Warcraft quando il suo agente lo aveva chiamato per dirgli che aveva ottenuto la parte di Superman. Quasi non aveva risposto al telefono perché stava facendo un raid!»

Io sogghignai e il solo commento di Heath fu: «Se assomiglia a Henry Cavill, lo prenoto. Non mi interessa se è etero».

«Seriamente parlando...» continuò Kat. «La mia autrice preferita scrive sul blog che gioca a WoW, ma non vuol dire qual è il suo personaggio né su quale server gioca.»

Davanti a me, Heath fece spallucce. «Magari è solo qualche tipo strano di recluso.»

«Ha una ragazza» dissi.

«Impossibile!» Katya stava praticamente urlando nella nostra chat vocale. «I tizi che giocano a Dragon Epoch *non* hanno una vita sociale.»

Heath sbuffò. «Fottiti. *Io* ce l'ho.»

«Tu non conti» rispose Kat. «Tu esci con gli uomini. Potresti semplicemente far giocare anche loro e avresti immediatamente compagnia, senza conflitti di orari.»

Guardai Heath oltre il mio monitor e cominciai a ridere. Non c'era niente di più lontano dalla verità quando si trattava di Brian. Quel Testadicazzo (un nome col quale lo chiamavo solo mentalmente per non ferire i sentimenti di Heath) non solo non aveva nessun interesse per i videogiochi, ma ci prendeva in giro per il nostro hobby. Heath aveva smesso completamente di giocare quando c'era lui, un fatto che mi infastidiva perfino di più.

«Probabilmente non è una stella del cinema, dato che vive sulla costa est» aggiunsi. «Forse uno sportivo oppure, oh, magari è a Washington e lavora per il governo?»

«Forse è il Presidente. Pensate che il Servizio Segreto lo lascerebbe giocare?» chiese Kat.

Heath ridacchiò. «Il Presidente non avrebbe mai un personaggio di un monaco mezzo nudo. Immagino che sarebbe più un Bardo, dati i suoi bei discorsi.»

«Mi chiedo che personaggio sarebbe sua moglie» dissi. «Un'elfa bella tosta o qualcos'altro, chiamata FLOTUS, ovviamente.»

«Beh, FallenOne probabilmente non è il nostro Presidente» disse Kat. «Quindi chi diavolo è? Qualcuno deve fare un'indagine su FallenOne. Heath, te la senti?»

Heath alzò le spalle, fissando il suo monitor mentre si occupava di qualcosa nel gioco. «Penso che sia solo un tipo strano a cui non piace socializzare e che mente sul fatto di avere una ragazza.»

Ero turbata. Forse era tutto quello che avrei mai saputo. Anche se, per qualche motivo, la cosa non mi piaceva per niente.

Le ipotesi finirono lì, comunque, e restammo tutti d'accordo che FallenOne sarebbe rimasto un mistero temporaneo. Era un buon giocatore e la sua compagnia piaceva a tutti. E, a quanto pareva, nonostante avesse dichiarato di essere "uno spirito libero", continuava a tornare da noi.

Non ci volle molto prima che il nostro gruppetto fosse una presenza regolare nel gioco. Avevamo tutti un lavoro nella vita reale. Kat e io e, presumevo, FallenOne, avevamo anche gli studi. Gli altri avevano anche una vita sociale. E quelle erano le ore che io passavo studiando. Ma quando era ora di giocare, ci incontravamo nel nostro spazio virtuale e giocavamo. *Duro.*

Avevamo ancora molti misteri da scoprire, a Yondareth, mentre salivamo di livello, e anche fuori nel mondo reale. Forse uno dei misteri che avremmo risolto era la *vera* identità di FallenOne.

CAPITOLO QUATTRO
MIA SI FA UNA NUOVA AMICA

*Pogo a te: *SALVE. SEI CARINA.*

*Tu a Pogo: *Come diavolo fai a saperlo?*

*Pogo: *Ho gli occhi. Bella armatura.*

Pogo lancia un fischio a Eloisa.

Eloisa sbuffa.

Mi piaceva quando ragazzini dalla testa di legno non riuscivano a distinguere un avatar di fantasia dalla realtà e ci provavano con gli avatar sexy come se fossero reali.

«Ehi, buone notizie. Ho trovato un posto» dissi a Heath mentre prendevo la collezione di piatti sporchi dalla sua scrivania e andavo in cucina.

Heath alzò la testa dal suo progetto, che richiedeva tutta la sua attenzione. Gli ci volle un minuto per elaborare la notizia, ma stava ancora cercando di digerirla quando tornai dalla cucina dopo aver messo i suoi piatti nella lavastoviglie. Avevo avuto anche il tempo di prendere un bicchiere d'acqua, che appoggiai sulla mia scrivania prima di sedermi di nuovo.

Ma quando lo guardai in faccia, mi resi conto che non sembrava felice o sollevato come mi sarei aspettata. In effetti sembrava scettico. Appoggiandosi allo schienale, chiese: «Dov'è quest'appartamento? South Santa Ana, West Orange?».

Ovviamente aveva immaginato che fosse nelle parti peggiori della città. «No.» Gli mostrai la lingua. «In effetti, è in centro, a Orange, vicino all'università.»

Le sue sopracciglia schizzarono verso l'alto. «Hai vinto la lotteria?»

«È un monolocale, sopra un garage.»

«Uhm. Dovrò vederlo prima di poterlo approvare.»

Sbuffai e ripiegai le braccia sul petto. «Non ho bisogno della tua approvazione. Sono un'adulta in effetti, lo sai?» Avevo compiuto ventun anni il mese prima e, anche se avevo l'età per bere, non mi ero presa una sbornia, né mi sentivo effettivamente l'adulta che dicevo di essere.

E, davvero, Heath aveva solo sei mesi più di me. Da quando era diventato il mio capo?

Il suo sguardo era ancora fisso su di me, per nulla turbato dalla mia protesta. «Tua madre mi ha ordinato di proteggerti.»

Sbuffai e misi i piedi sulla mia scrivania, afferrando il manuale di studio per il test. «Non è che sia una festaiola o una drogata. Sono simile a una reclusa tanto quanto si può esserlo senza, sai, esserlo veramente.» Come per sottolineare il fatto, indicai il libro che avevo appena preso in mano, un libro che potevo praticamente citare a memoria, tanto l'avevo ripassato.

Heath si mordicchiò il labbro, come se non avesse sentito una parola di quello che avevo detto. «Beh, voglio comunque venire con te. Non litighiamo, okay? Devo avere la coscienza a posto.»

«Non hai niente per cui sentirti in colpa! Ma va bene...» Sospirai. Avevo praticamente già deciso, ma era meglio che si sentisse tranquillo. Ero decisa a trasferirmi appena possibile, assolvendomi da qualunque responsabilità per il fallimento della loro relazione, se mai fossero arrivati a quello. In effetti, magari trasferirmi era il mio modo di assicurarmi che la *mia* coscienza fosse a posto.

«No. Niente da fare. Non vivrai qui.» Heath era in mezzo a quello che sarebbe diventato il mio monolocale, per quello che era. Il posto era piccolo ma carino. E molto pulito, almeno.

L'appartamentino era sopra il garage di una famiglia che viveva in una casa modesta appena fuori dal famoso distretto storico della città di Orange. Come le case intorno, era stata costruita negli Anni Venti, nello stile Craftsman. Alcune aggiunte ne avevano ampliato le dimensioni, inclusa una stanza sopra il garage indipendente, dove avevo tutte le intenzioni di trasferirmi.

«Heath» sospirai. «Questo posto va bene.»

«È troppo piccolo.» Si guardò dietro le spalle per assicurarsi che la padrona di casa che ci aveva aperto la porta non fosse a portata d'orecchi. «È sopra a un garage senza isolamento, il che lo renderà caldo come un forno in estate e gelido in inverno.»

«Gelido» dissi ridendo. «Siamo nella California del sud.»

«Okay, quindi la temperatura è relativa. Ma ti do dieci giorni di un settembre nella California del sud in questo posto, al massimo. Sarà un forno. Inoltre, il boiler è piccolo e la pressione dell'acqua fa schifo.»

Sospirai, di nuovo. Forse non aveva idea di quanto fossero scarsi i miei introiti. «Non posso veramente essere schizzinosa. E, inoltre, non ho bisogno di un posto grande: solo abbastanza spazio per studiare, prepararmi da mangiare, fare la doccia e dormire.»

Heath insistette. «Ma non hai nemmeno dei mobili o i piatti, o niente del genere.»

Camminai intorno alla stanza, come per dimostrare che era abbastanza grande per me. «Ho quelli della camera e la mamma ha detto che posso andare al ranch e scegliere qualche altro mobile. Ha un vecchio divanetto e un tavolo, se riesco a prendere in prestito un pickup per portarli via. E qualche piatto. Non ho bisogno di molto. Non ho intenzione di dare delle cene, o qualunque altro tipo di festa. È un posto piccolo che, spero, sarà abbastanza tranquillo per poter studiare. Altrimenti c'è la biblioteca poco lontano da qui.»

Heath scosse la testa. «Oh, bambolina, certo che sai come far festa.»

Feci una smorfia. «Comunque...»

Heath alzò una mano per interrompermi. «Okay, okay. Ma almeno promettimi che non firmerai niente per un po'. Potrei riuscire a trovarti qualcosa di meglio.»

Non vedevo come. Avevo setacciato tutti i siti web, inclusa la Craiglist, chiamato gli uffici degli agenti immobiliari, controllato con l'ufficio alloggi all'università ed ero diventata intima di praticamente tutto quello che rientrava nel mio budget nell'area, e non era molto, visto che il mio budget era veramente limitato. L'alternativa era evocare una coinquilina dal nulla.

Ero sicura che se avessi dato a Heath una settimana, sarebbe arrivato alla mia stessa conclusione. Si sentiva solo in colpa per via delle pretese di Brian, che avevano portato a dovermi trasferire a metà dell'anno scolastico. Ma non volevo si addossasse quella colpa. Quindi annuii, ma non promisi che non avrei firmato.

Avrei chiamato la padrona di casa quella sera, quando lui non c'era e mi sarei fermata il giorno dopo, dopo la lezione che avevo al mattino, per firmare le carte. Lui si sarebbe irritato una volta scoperto, ma si sarebbe anche sentito sollevato. E... gli sarebbe passata. Heath non era tipo da tenere il muso.

***

Qualche giorno dopo, dopo aver lavorato nel turno del mattino all'ospedale, resistetti al desiderio di fare un pisolino, anche se mi si chiudevano le palpebre. Quindi studiai seduta alla scrivania invece di dare ascolto al richiamo della sirena e andare a sdraiarmi sul letto. Significava addormentarmi in fretta, con il naso ancora ficcato dentro il manuale di studio.

Invece preparai una rara tazza di caffè pomeridiano, che mi avrebbe di sicuro fatta restare alzata fin troppo tardi, e lo sorseggiai mentre scorrevo la lunga lista di definizioni, usando il mio PC per cercare altre informazioni sui termini dei quali non ero sicura.

Il test conteneva una serie di problemi ipotetici che si dovevano risolvere in base a conoscenze pregresse. Quindi era essenziale conoscere perfettamente i termini chiave per poter risolvere i problemi ipotetici.

Ogni giorno mi ripromettevo di rispondere ad almeno cinque domande campione che trovavo sul materiale di studio o su Internet. Mentre ero a metà, sentii una chiave che girava nella toppa e immaginai che fosse Heath che tornava da casa di Brian dopo aver passato là la notte.

Invece era Brian... da solo. Ispezionò la stanza e poi si rivolse a me, senza salutare o altro. «Heath non è ancora tornato?»

Sbattei le palpebre. Brian si stava comportando come se vivesse già lì. Ed era così, a tutti gli effetti.

«Pensavo che fosse con te» risposi. «E, comunque, salve. Come stai?» aggiunsi, per sottolineare il suo comportamento scortese.

Lui mi ignorò completamente, portando la scatola che aveva in mano direttamente nella stanza di Heath prima di tornare nel soggiorno a mani vuote. «Ha dovuto portare a sistemare la sua jeep. Probabilmente la sta ancora aspettando. In effetti è meglio così, perché ci dà la possibilità di parlare.»

Non si era mai rivolto a me privatamente, né aveva espresso il desiderio di "parlare". E, ogni volta che mi rivolgeva la parola, la sua voce trasudava condiscendenza e misoginia.

Lo guardai perplessa quando si sedette sul divano, fissandomi con i suoi occhi azzurro ghiaccio. I capelli erano perfettamente acconciati nello stile "flippy", nel tentativo di imitare il taglio di Harry Styles. In effetti, si vestiva con l'attenzione ai dettagli di uomo che volesse sembrare uno skateboarder, senza mai essersi avvicinato a meno di tre metri da uno skateboard.

«Devi piantarla di far sentire in colpa Heath» disse e poi piegò di lato la testa, come se stesse facendo la predica a un bambino.

Mi tirai indietro, stupita. «Non ho mai tentato di farlo sentire in colpa. In effetti ho trovato un posto. È lui quello che obbietta.»

Lui scosse la testa. «Sì, capisco che è quello che *dici*... ma quello che c'è sotto è completamente diverso. Heath si sente responsabile per te ed è *veramente* ora che tu cresca e lasci il nido, gallinella.»

Mi ribolliva il sangue e, d'un tratto, mi sembrò che stesse per uscirmi il fumo dalle orecchie. Ero sicura che Brian avesse notato il rossore sulle mie guance. *Fanculo, imbecille.*

«Beh, mi dispiace che la pensi così e sarai lieto di sapere che *ho trovato* un posto e ho firmato i documenti giorni fa!» Afferrai il mio libro, le schede e il bloc notes, raccogliendo tutto tra le braccia. «E *tu* puoi piantarla con le tue stronzate. Mi rendo conto che non ci piacciamo, ma sai una cosa? Vogliamo entrambi bene a Heath. E, anche se mi trasferirò presto, io sarò *sempre* nella sua vita. Quindi sarà meglio che *tu* lo accetti, gallinella.»

Mi alzai e me ne andai nella mia stanza, lasciando Brian con le sopracciglia alzate e la bocca aperta. Resistetti *a malapena* al desiderio di sbattere la porta.

Non gli avevo mai mostrato un'aperta ostilità e avevo accettato le sue punzecchiature per troppo tempo. Basta!

Con un sospiro, mi resi conto che, avendo vuotato il sacco con Brian, ora dovevo essere sincera con Heath riguardo al monolocale sopra il garage. Nonostante la sua avversione, non era stato in grado di trovare un posto migliore, esattamente come sospettavo sarebbe successo.

Nonostante tutti gli sforzi, mi addormentai nel mio letto in meno di mezz'ora, rovinando la sessione di studio grazie a quello stronzo di Brian. Quando mi svegliai dal mio pisolino, l'appartamento era di nuovo vuoto e fuori era buio. Non avevo ancora voglia di tornare a studiare, né me la sentivo di andare a correre. Quindi, per sfogarmi un po', mi collegai al gioco.

Il collegamento non era ancora completo quando sullo schermo lampeggiò un messaggio da un completo sconosciuto.

*RageRod a te: *Hey, baby.*

Uhm, davvero? Rage rod, asta furiosa?

*RageRod a te: *Sei veramente una ragazza?*
*Tu a RageRod: *Più vera della tua bambola gonfiabile, ragazzino.*

*RageRod: *Non ho una bambola gonfiabile.*

*Io: *Bene, allora, magari dovresti comprarne una e smetterla di infastidire ogni avatar femminile che vedi.*

*RageRod: *Sei un maschio. C'è bisogno di più giocatrici vere in questo gioco.*

*Io: *Perché allora potrebbero prestarti attenzione?*

*RageRod: *Non sei molto gentile.*

*Io: *Allora dovresti parlarne con il preside della tua scuola elementare. Ora, non parlare più con me.*

*Adesso ignori RageRod.

Qualche minuto dopo lampeggiò un altro messaggio sul mio schermo, mentre ero in banca. Quasi diedi in escandescenze, immaginando che quello stronzetto avesse creato un nuovo personaggio per messaggiarmi. Invece vidi che era Kat. Proprio la persona giusta per tirarmi su il morale.

*Persephone a te: *Penso che tu piaccia a FallenOne.*

*Tu a Persephone: *Cosa?*

*Lei: *Mi hai capito.*

Feci un lungo sospiro.

*Io: *Siamo tornate alle superiori? Inoltre... perché lo pensi?*

*Lei: *Perché sono già due volte che si collega e fa gruppo con me per qualche minuto prima di chiedermi dove sei. Quando dico che sei a lezione o occupata, trova una scusa per lasciare.*

*Io: *Sono sicura che sia una coincidenza.*

*Lei: *Okay, se lo dici tu. Ma non si collega mai chiedendo di me o di Fragged.*

*Io: *Avevamo già stabilito che è piuttosto strano, giusto? Chissà che cosa frulla nella testa di un giocatore eremita.*

*Lei: *Dovremmo applicare il metodo scientifico alla mia teoria, qualche volta, se ci stai.*

*Io: */ spallucce. Trova un modo per provarlo e ci sto!*

*Lei: *Giusto, comincerò con il primo passo: osservazione. Dato che ci sono ben poche informazioni sul nostro misterioso amico, ho solo il suo comportamento durante il gioco da cui partire. Si collega e chiede regolarmente di te. Quando non sei disponibile, si scollega in fretta. Quando ci sei, resta e gioca con te (o con il gruppo nel suo insieme).*

*Io: *Sospiro. Okay e la tua domanda?*

*Lei: *FallenOne prova qualcosa per Mia?*

*Io: *E la tua ipotesi?*

*Lei: *FallenOne ha sviluppato dei sentimenti speciali per Mia... e viceversa.*

*Io: *Adesso stai diventando irritante.*

*Lei: *Predizione su FallenOne e Mia basata sulla mia ipotesi. Prima viene L'AMOOOORE. Poi il matrimonio. Poi arriva il bambino nel passeggino.*

*Io: *..|..*

*Lei: *Adesso devo provare la mia ipotesi facendo domande subdole a FallenOne sulla sua vita amorosa... e se crede o meno nelle liaison cibernetiche.*

*Io: *In bocca al lupo. Io non voglio saperne niente.*

***

Poco dopo, finì il beta stress test di Dragon Epoch. Dato che non avrebbero cancellato i personaggi, ci permisero di continuare a giocare con gli stessi avatar della versione beta. Annullarono l'accordo di riservatezza e potei postare sul mio blog gli articoli su Dragon Epoch.

In effetti, stavo giusto scrivendo un altro articolo per il blog quando decisi di controllare gli introiti delle pubblicità. Era quasi ora di pagare di nuovo le bollette e stavo lavorando furiosamente per raggiungere l'obbiettivo di rendere il blog autosufficiente. Meglio ancora se fossi riuscita a ricavarne qualche soldo in più. E fui stupita di notare che il saldo del mio account aveva fatto un balzo in positivo, spingendomi a controllare le statistiche.

Da quando avevo postato gli articoli su Dragon Epoch, le visite al mio blog erano aumentate di centinaia. Restai a bocca aperta. «Porca paletta!»

Heath alzò gli occhi dal monitor. «Che c'è?»

«Il mio blog. Le visite stanno impazzendo. E non ho nemmeno postato qualcosa di controverso o novità particolari ultimamente. Sembra che siano gli articoli su Dragon Epoch quelli che attirano di più l'attenzione.»

«Hanno tutti fame di informazioni sul nuovo gioco» disse Heath con indifferenza. «Ti stanno cercando in molti su Google?» Venne dalla mia parte e guardò il monitor. «Fammi... porca vacca, è un salto enorme! E improvviso, anche. Vedi il cambiamento da un giorno all'altro? Dammi un secondo per andare a ritroso e vedere da dove arriva il traffico.»

Dopo qualche minuto, soffia fuori il fiato e scuote la testa. «Wow, sembra che qualcuno alla Draco Multimedia abbia scoperto il tuo blog. Hanno parlato di te sulla loro pagina di destinazione.»

Sbatto le palpebre: «Davvero?».

«Sì.» Sogghigna. «Mi chiedo se significa che cominceranno a mettere qualche vestito su quelle povere donne che finora vagavano nude per Yondareth.»

Mi collegai alla mia interfaccia per controllare i commenti. Dozzine. La maggior parte ponderata, perfino rispettosa. Dovetti bloccare qualche troll, e adesso avevo un mucchio di domande cui dovevo rispondere.

Mi ci vollero ore quella sera per finirle. Il blog comportava di colpo molto più lavoro, ricompensato con più introiti. Ed era una buona cosa, davvero. Ma comportava dedicarvi ancor più del pochissimo tempo libero che avevo.

E dovevo ammettere che era un po' inquietante sapere che i dipendenti della società di gaming responsabile per la mia nuova ossessione stavano leggendo il mio blog, inclusi i commenti sarcastici e le critiche.

Wow.

Era una sensazione strana, di convalida, di gratificazione e, sì, avevo anche la sensazione di essere controllata. Capivo che erano i miei quindici minuti di fama e avrei cercato di metterli a frutto mentre potevo. Inoltre, avevo bisogno di soldi per il trasloco, quindi tutta quell'attenzione era più che benvenuta.

Diedi un'occhiata a Heath, che era tornato al suo lavoro. Gli avevo detto di aver firmato i documenti per trasferirmi nel monolocale, dato che avevo già vuotato il sacco con Brian. Heath all'inizio era stato un po' stizzito, ma per fortuna si era ripreso in fretta. E avevo evitato di ripetergli i piccoli commenti di merda di Brian.

Comunque, dato che non avrei avuto accesso a un mezzo per traslocare fino al fine settimana successivo, il mio piano era di spostare una scatola o due nel frattempo. La padrona di casa,

Lupe, era stata tanto gentile da permettermelo, anche se alla data contrattuale per il mio trasloco mancavano ancora un paio di settimane, dato che stava facendo pitturare l'appartamento e lavare la moquette.

Non potevo negare, però, di essere un po' emozionata al pensiero di avere un posto tutto mio. Che fosse o meno un minuscolo monolocale, sarebbe stato mio. Tutto mio.

***

Qualche giorno dopo, portai un'altra scatola, questa piena di libri, al mio nuovo appartamento. Stavo giusto scendendo le scale quando mi imbattei (quasi letteralmente) in una ragazza più o meno della mia età. Superato lo shock di vedermi, lei fece un gran sorriso e mi tese la mano.

«Salve! Sono Alex. Devi essere la nuova inquilina.» Mi guardò diretta negli occhi, senza squadrarmi arrogantemente da capo a piedi, cosa che sembrava facessero le ragazze della mia età quando incontravano qualcuno di nuovo. I loro occhi ispezionavano la nuova persona dalla testa ai piedi, catalogando ogni pezzo di vestiario come inventariandolo in un velocissimo computer, come quello all'interno del vestito di Iron Man. Ma gli occhi di Alex non fecero niente del genere.

Le presi la mano, stringendogliela. «Salve, Alex, io sono Mia.» Il suo sorriso, già ampio, lo divenne ancora di più e si chinò in avanti con entusiasmo. Era da tempo che non incontravo una persona così amichevole.

«Sono la figlia della tua nuova padrona di casa.» Alex era una ragazza carina, con lunghi capelli scuri, carnagione olivastra e occhi da cerbiatta, talmente grandi da poter passare per quelli di un cartone animato. E il suo trucco era perfetto. «E sei una Browncoat!» La sua voce era salita di un'ottava pronunciando l'ultima parola, mentre indicava la mia maglietta di *Firefly*.

Abbassai gli occhi, sentendomi di colpo in imbarazzo. «Sì, già, sono così... Mal e Inara per sempre!» Ho sempre amato una donna forte che teneva testa all'oggetto della sua attrazione, nonostante le esplicite proteste di lui riguardo la professione di escort di Inara.

«Dammi il cinque!» Alex alzò la mano e io la schiaffeggiai piano. «La ragazza ha buon gusto. Bella nave! Io sono tutta per la nave di Kaylee/Simon.»

Sorrisi. Mi piaceva già. Una ragazza che aveva puntato immediatamente sul mio amore geek aveva il mio immediato rispetto.

«La prossima domanda» disse, cambiando posizione. «Chi è il tuo Dottore preferito?»

Scoppiai a ridere. «Questa è facile, il nono!»

«Woo-hoo» gridò Alex, alzando e abbassando il pugno. «Mi piace. Verrai alla mia prossima festa. Vivo a Fullerton. Dato che tu sei qui a Orange, presumo che frequenti la Chapman?»

Annuii. «Sì, sono al penultimo anno, e tu?»

«Secondo anno alla Cal State Disneyland.» Il nomignolo popolare della California State University di Fullerton fu accompagnato da un sorrisino sghembo. «È stato bello conoscerti, Mia. Devo scappare prima che arrivi mia madre e mi chieda di fare qualcos'altro per lei.» Sbuffò. «Ma sarò di ritorno per la cena la settimana prossima. Sarai già qui per allora, vero?»

«Appena l'appartamento sarà pronto, certo.»

«Okay, allora ci vedremo sicuramente in giro. Stammi bene.»

Sorrisi e la guardai affrettarsi verso il marciapiede, dove aveva parcheggiato l'auto. Beh, era incoraggiante. Non mi ero ancora trasferita e avevo già una potenziale nuova amica.

Andando verso la mia auto, non potei fare a meno di sentirmi grata. La padrona di casa sembrava una persona gentile e anche sua figlia. Forse era il segno di belle cose in arrivo! Forse era un bene essere stata obbligata a lasciare la protezione del mio "fratello maggiore" per allargare le mie ali. Presto, speravo, sarei diventata un membro produttivo della società. Ora dovevo solo riuscire a fare faville nel test di ingresso.

Un gioco da ragazzi, giusto?

***

*FallenOne a te: *Ehi, tu!*

Guardai le mie notifiche, spalancando gli occhi. Era mattina tardi e il martedì era la mia giornata più leggera: solo una lezione e niente turni al lavoro. Mi ero collegata per fare qualche operazione bancaria nel gioco e per vedere se c'era qualche pezzo di armatura all'asta che potessi comprare per il mio personaggio.

Notai, con un piccolo brivido di eccitazione, che tenni per me, che FallenOne si era collegato immediatamente dopo di me.

*Tu a FallenOne: *Ehi, salve, straniero! Non ti ho visto molto in giro ultimamente.*

*Lui: *UN MUCCHIO di lavoro da fare. Mi dispiace.*

*Io: *Beh, ti sei perso il grande lancio del gioco. Il beta test è finito! E sui server si è riversata un'ondata di neofiti.*

*Lui: *L'ho notato. Ma sembra che alla gente piaccia molto.*

*Io: *Perché non dovrebbe piacere? Il bello è che adesso non ho più il bavaglio, quindi posso parlarne sul blog.*

*Lui: *L'ho visto! Sto ancora leggendo il tuo blog.*

*Io: *Tu e un mucchio d'altra gente. Mi stanno sommergendo. Ma è una buona cosa, anche se mi limita il tempo per giocare. Non ho quasi avuto il tempo di farci un giro dal lancio.*

*Lui: *Io ho un po' di tempo questo fine settimana.*

*Io: *Accidenti, io no. Mi dispiace. Devo andare da mia madre per il fine settimana. Mi trasferirò presto.*

*Lui: *Congratulazioni! Vai a stare con delle coinquiline o qualcuno di speciale?*

Guardai lo schermo, sorpresa. Era il suo modo di cercare di capire se avevo un ragazzo? Mi morsi il labbro, ripensando ai sospetti di Katya.

*Io: *No, non c'è nessuno di speciale nella mia vita. Mi trasferirò perché il ragazzo di Heath vuole trasferirsi a vivere con lui.*

*Lui: *Ah, okay. Spero che abbia tutto l'aiuto che ti serve per traslocare. Magari ci vediamo in giro la prossima settimana?*

*Io: *Certo. Mandami un messaggio quando sei libero e io vedrò se posso aggregarmi. Sai, sarebbe veramente fico se si potesse mandare un messaggio a qualcuno nel gioco e, se non sono online, apparisse sul loro telefono.*

*Lui: *È una gran bella idea.*

*Io: *Sì, ma probabilmente non è possibile. Sono sicura che l'avrebbero già implementata se avessero potuto. Non posso essere la prima persona che ha quest'idea.*

*Lui: *Perché non metterla nella scatola dei suggerimenti dei beta-tester?*

Sorridendo, non gli dissi di averci tentato già un paio di volte, senza ricevere un fico secco in risposta.

Mandai a FallenOne il mio numero VOIP, che inviava i messaggi al mio nuovo telefono prepagato, nell'improbabile caso in cui fosse uno stalker o roba simile. Lo conoscevo da mesi e sembrava normale, ma... non si poteva mai essere sicuri quando si trattava di Internet.

Un'ora dopo, apparve un suo messaggio sul mio telefono, e così cominciammo a scambiarci messaggi, quasi regolarmente. Forse poteva veramente svilupparsi un'amicizia significativa da un incontro casuale su Internet... non si poteva mai sapere.

Dovevo ammettere di aver cercato il numero su Google per vedere se riuscivo a scoprire qualcos'altro di lui. Vicolo cieco, *ovviamente*. Il prefisso era di qualche posto nella Panhandle del Texas.

E non mi sembrava un cowboy. O un armadillo. Nuovamente frustrata.

CAPITOLO CINQUE
CATTIVE NOTIZIE

MIA MADRE VIVEVA IN UNA CITTADINA nell'altopiano appena sopra Temecula, a circa due ore di macchina da dove frequentavo il college, nella città di Orange. Il fine settimana seguente, Heath mi accompagnò là con il pick-up che aveva preso in prestito per ritirare alcuni vecchi mobili e portare qualche provvista nel mio nuovo appartamento. Alla fine, penso che fosse sollevato che le cose si fossero risolte così facilmente.

Ovviamente Brian era stato estatico che me ne stessi andando. Già, i sentimenti divisi di Heath non gli interessavano proprio. Stronzo.

Ciononostante, per il bene di Heath, augurai loro di essere felici insieme, anche se avevo i miei dubbi che fossero compatibili. Certo, erano attratti l'uno dall'altro, ma litigavano come cani e gatti. Non dissi niente perché Heath sembrava speranzoso sul trasloco e la loro relazione. Durante il viaggio chiacchierammo sui loro programmi di comprare un appartamento su a Orange Hills. Era orribile, ma l'unico mio pensiero fu chi avrebbe tenuto l'appartamento quando si fossero lasciati.

«Mamma!» la chiamai mentre entravo. Era in cucina e si affrettò a uscire per venire a salutarci.

«Eccoli qui. I miei gemelli!»

Ci aveva dato quel soprannome alle superiori. All'inizio l'avevo odiato, ma ora pensavo che fosse divertente. Heath e io non potevamo essere più diversi. Mentre lui era alto, muscoloso, biondo e di pelle chiara, io avevo capelli scuri, occhi castani e una figura alta ma snella. E, grazie alle mie radici greche, la mia pelle si abbronzava meglio di quanto gli permettessero le sue radici scandinave.

Non vedevo mia madre da due mesi e la strinsi forte in un abbraccio. Mi sembrò... più magra. E quando mi tirai indietro e la guardai negli occhi, sembrò stanca. Aveva le borse sotto gli occhi ed era un po' pallida.

Non mi sfuggì nemmeno la mancanza di auto parcheggiate nel vialetto laterale. «Dove sono gli ospiti?»

«Oh, ho chiuso le prenotazioni per un po' per prendermi una pausa.» I suoi occhi scuri evitarono i miei. «Pulizie di primavera e tutto il resto...»

Ero perplessa, ma non insistetti. Perché chiudere il B&B durante l'alta stagione? E qui era *definitivamente* il culmine della stagione. L'inizio della primavera nell'altopiano desertico era una meraviglia da *non* perdere. Splendidi fiori di ogni colore immaginabile tappezzavano il deserto per un breve periodo di tempo, a volte solo due o tre settimane prima che il sole cocente seccasse le piante. Normalmente, quel periodo dell'anno portava le folle in massa.

La mamma preparò i nostri cibi preferiti e Heath approfittò della flora in piena fioritura, dandosi al suo hobby preferito, la fotografia. Un giorno guidò per un'ora per arrivare all'Anza-Borrego Desert State Park. Le sue fotografie stavano diventando sempre più belle e prendeva lezioni per migliorare la sua arte.

Come sempre, evitò abilmente di vedere i suoi genitori, nonostante vivessero solo dieci chilometri a valle di mia madre, sulla stessa strada.

Io passai il tempo ad aiutare mia madre a dare aria alle stanze e pulirle a fondo. Togliemmo le coperte e le lavammo, spolverammo soffitti e lampadari, pulimmo accuratamente i battiscopa e gli infissi.

Stavamo finendo uno dei cottage, il Roy Rogers, la nostra stanza migliore. Mia madre stava lucidando il rustico tavolino che faceva da scrivania mentre io ero sul pavimento a pulire i battiscopa.

«Sei abbastanza grande adesso e mi sento in colpa perché non ti pago un giusto salario per questo lavoro» scherzò mia madre.

Feci spallucce e sorrise. «Mi fa bene. Mi distoglie la mente da altre cose.»

«L'esame?»

«Sì, quello... e altre cose.»

Ci stavo pensando dal giorno prima, in effetti. Il fatto che il B&B fosse vuoto, le guance scavate di mia madre. C'era qualcosa in ballo. Qualcosa che sembrava mi stesse nascondendo.

Mi morsi l'interno della bocca. Perché la gente faceva così? Nascondere le cose importanti, forse anche spiacevoli, ai membri della famiglia?

Avrei dovuto trovare un modo per strapparle la verità. Ma avrei dovuto essere subdola e girarci intorno o chiedere e basta?

«C'è qualcosa di cui mi vorresti parlare?» Mia madre finì di lucidare il legno e si sedette a guardarmi. Io passai ancora una volta uno straccio pulito sul battiscopa.

Feci un respiro profondo.

«Sì, in effetti c'è.»

Mia madre mise da parte il suo straccio, guardandomi in attesa.

Io alzai le sopracciglia. «Voglio sapere perché sembri così stanca. E voglio sapere come ti sei fatta male.»

Lei sbatté le palpebre. «Come mi sono fatta male?»

Io indicai una fasciatura sulla parte superiore del braccio che era scivolata e che ora era visibile in fondo alla T-shirt a maniche corte. Mia madre strinse le labbra.

«Non voglio farti preoccupare per qualcosa che potrebbe non essere niente.»

M'irrigidii e di colpo sentii un freddo groppo di paura in gola.

«*Cosa?*» Strinsi i denti quando non rispose immediatamente. «Non cercare di affrontarlo da sola. Parla, mamma.»

Lei sospirò. «Ma tu hai già tante cose in ballo e, potenzialmente... non è niente.»

Incrociai rigidamente le braccia. «Questo significa che potenzialmente è *qualcosa*.» Feci una smorfia. «Sputa il rospo, madre.»

«Avevo un paio di nei sul braccio: un gruppo di piccoli nei, in effetti. Hanno cominciato ad avere uno strano aspetto, quindi il medico li ha rimossi e ha fatto effettuare una biopsia.»

«*Cosa!*» Balzai in piedi. «Che tipo di biopsia? Punch? Escissionale? Stai vedendo un oncologo?»

Mamma alzò una mano. «Calmati, Mia. Sto bene. Potrebbe non essere niente.»

«Allora perché hai un aspetto così stanco? Perché cancellare le prenotazioni?»

Lei strinse le labbra e alzò le spalle. «Solo un po' di stress. Nient'altro. Un paio di settimane di preoccupazione. Ma il medico è ottimista, potrebbe non essere niente.»

Aggrottai la fronte, mordendomi il labbro. «E se non fosse così? Ho lavorato con un oncologo quest'anno, sai, facendo ricerche. Potrei parlargli e ottenere più informazioni.»

Mia madre fece una smorfia, con le rughe che diventavano più profonde sulla sua fronte normalmente liscia. «Ti stai facendo prendere dal panico. Ho imparato in queste settimane a non cercare mai i sintomi su Google e non voglio che tu faccia l'equivalente come studentessa di medicina, okay? Avrò i risultati alla fine di questa settimana...»

«Mi chiamerai nell'attimo in cui lo saprai.» Non era una domanda.

Lei sorrise. «Certo.»

«Mamma, ci serve un piano... nel caso in cui il test sia positivo.»

Lei alzò le spalle. «La gente muore di cancro alla pelle?»

Mandai giù un groppo grosso come un masso. *Sì,* avrei voluto dirle. *Continuamente.* È insidioso e orribile. La pelle è l'organo più grande, in assoluto, e gioca un ruolo importantissimo. E per quel motivo il cancro alla pelle può espandersi velocemente. E una volta che si formano metastasi...

Che Dio ci assista se era un melanoma. Non *poteva* essere un melanoma. Desiderai con tutta me stessa che fosse una forma meno aggressiva di cancro della pelle. Ma la descrizione dei nei scuri, il cambio di aspetto, il fatto che fossero sul braccio... puntava tutto verso la forma più letale esistente.

«C'erano ulcerazioni? Sanguinamento? Dimmi tutto.»

Lei raccontò e, mentre lo faceva, io sbattevo le palpebre e deglutivo, ignorando le lacrime che continuavano ad accumularsi in fondo agli occhi. Lottai per ignorare la sensazione che mi avessero appena dato un calcio nello stomaco.

E se... e se l'avessi persa? A parte Heath, mia madre era la mia sola famiglia.

Riuscii a controllarmi, a fatica, per un'altra ora, cercando di comportarmi normalmente mentre finivamo il lavoro. Ma poi le dissi che sarei andata a fare una lunga passeggiata.

Presi il sentiero che preferivo, sulle colline che circondavano il ranch, verso il belvedere dove amavo andare a osservare il tramonto. Lì c'era pace e silenzio. Potevo sentire il vento, i miei pensieri e non molto altro.

Riflettei a lungo, le possibilità mi frullavano per la mente e la mia paura del futuro aumentava. Ero così agitata quando tornai che andai direttamente nella scuderia per stare con i cavalli finché Heath fosse tornato dalla sua escursione.

Quando finalmente arrivò, lo fermai sul vialetto e lo portai nella scuderia per dargli la notizia. Restò molto più calmo di me, anche se aveva un mucchio di domande. E riuscì a calmare un po' anche me.

Avremmo aspettato i risultati. Non saremmo saltati a conclusioni. Non ci saremmo preoccupati prima del tempo.

***

Ci volle mezza giornata per portare le mie poche cose nel nuovo appartamento. Un'altra mezza giornata per svuotare le scatole e sistemarmi.

Il giorno dopo il trasloco, Heath andò via per qualche giorno, in campeggio, nelle High Sierras con Brian. L'ultima vacanza prima di vivere insieme, come se a quel punto non sarebbero vissuti sempre insieme. Heath si era offerto di cancellarla, ma era già stata una fatica per lui convincere il metrosexual Brian a dedicarsi a uno dei grandi amori di Heath, il campeggio, le escursioni e la pesca. Non ebbi il coraggio di rovinargli il piano, quindi partirono con la mia benedizione.

E voleva dire che avrei ricevuto la notizia... da sola. E quel pensiero sembrava aggravare lo stato di nervosismo in cui mi trovavo già.

«La settimana prossima verrà qualcuno a riparare la linea telefonica» mi informò la padrona di casa mentre finivo di svuotare l'ultima delle scatole. «C'è stato molto rumore di statica sulla linea.»

«Aspetti, c'è una linea fissa?» Di colpo fui entusiasta al pensiero di non dover bruciare minuti sul mio cellulare prepagato.

«Sì, è inclusa nell'affitto.»

Quel posto diventava sempre più abbordabile. E per di più, il pacchetto Internet in offerta che avevo ordinato sarebbe diventato attivo dal giorno successivo.

Ma, mentre ci avviavamo alla fine della settimana, diventavo sempre più tesa e chiedevo spesso a mia madre se avesse ricevuto qualche risposta in merito alla biopsia. Non era così.

Aspettando, invece di studiare per il test di ammissione, come avrei dovuto fare, passavo tutto il tempo libero lavorando sul gioco. Anche FallenOne era spesso online e mi controllava quotidianamente.

Dopo il terzo giorno, affrontò l'argomento.

*FallenOne a te: *Non hai il test di ammissione da fare tra poco?*

Mi sentii stringere lo stomaco. Ero così preoccupata per mia madre che avevo ricacciato il test di ammissione in fondo alla mente. Mi ero detta che conoscevo già un mucchio di fondamentali. Che avrei avuto bisogno solo delle mie capacità deduttive per applicarle alle situazioni ipotetiche del test. Logica e ragionamento. Avevo entrambi. Usavo quelle capacità quasi ogni singolo giorno.

In effetti, stavo usando quelle capacità proprio in quel momento per giustificare il fatto che non stavo studiando.

*Tu a FallenOne: *Sì, già...*
*Lui: *Hai bisogno che ti dica di scollegarti per studiare?*
*Io: *Tu puoi dirmi quello che vuoi. Non significa che ti ascolterò.*

E non lo feci. Continuai a giocare. Avevo bisogno della distrazione del gioco per riuscire a superare quella settimana.

Perché giovedì la mamma chiamò. E no, le notizie non erano buone.

Non riuscivo quasi a credere alle mie orecchie, quelle parole, "positiva al melanoma", mi echeggiavano in fondo alla testa, in tutto il cervello. Avevo fatto come mi aveva chiesto e avevo evitato di cercare tutte le possibilità su Google. Ma *avevo* avuto una discussione con il dottor Martin, il medico che stavo assistendo in un progetto di ricerca. Avevamo discusso il procedimento della diagnosi, le possibilità di ciò che avrebbe potuto avere e i protocolli di trattamento da preferire, quindi ero armata almeno con quel po' di conoscenza.

«Non vogliono fare la radioterapia, ma... vogliono che cominci subito con la chemioterapia. Sono preoccupati perché nella biopsia i margini non erano chiari.»

Oh Dio. Mi morsi il labbro, dondolandomi avanti e indietro sulla sedia mentre l'ascoltavo parlare con la sua voce calma.

Sembrava *notevolmente* calma, in effetti, per qualcuno che avesse appena ricevuto la notizia. Margini non chiari significava che i medici non erano sicuri di aver rimosso tutto quando avevano tolto i nei.

«Mia, sei ancora lì?» mi chiese mentre mi sforzavo di riprendere il controllo.

«Sì» risposi, un po' senza fiato.

«Il dottor Shuman è fiducioso che con questo trattamento il risultato sarà ottimale.»

Avrei giurato di sentire ogni battito del mio cuore nelle orecchie, a ogni respiro.

«Mia... andrà tutto bene.»

Chiusi gli occhi e mi morsi la lingua per non pronunciare le parole che avevo sulla punta. Non sapeva se sarebbe andato bene o no.

Mi scusai e interruppi la chiamata poco dopo, con la scusa che avevo quasi finito i minuti. Ma in realtà mia madre non aveva bisogno di sentirmi crollare per le *sue* notizie.

Oh, merda. Oh, merda. Merda. Merda. Potevo perderla. Era una possibilità molto reale. Ma mentre facevo le solite faccende domestiche – lavare i piatti e rassettare – non piansi. Diventai insensibile.

Finii per passare tutta la notte giocando a Dragon Epoch. Continuai a salire di livello, senza preoccuparmi di quanto sarebbero rimasti indietro i miei amici. Non molto dopo essere arrivata al livello 35, vidi una notifica familiare sullo schermo.

**Il tuo amico FallenOne è online.*

*FallenOne a te: *Ehi, sei ancora sveglia… e… wow. Congratulazione per tutti i nuovi livelli. Hai in programma di lasciare che ti raggiungiamo prima o poi?*

*Tu a FallenOne: *Non sono dell'umore giusto. Vai a prendertela con qualcun altro.*

*Lui: …

*Io: *Sto avendo una nottata veramente brutta.*

*Lui: *Che c'è? Ti posso aiutare?*

*Io: *No, a meno che tu abbia una cura miracolosa per il cancro nel taschino.*

*Lui: *Cancro? Okay, adesso sono preoccupato. Che sta succedendo?*

*Io: *Cattive notizie. Qualcuno cui voglio bene ha il cancro.*

*Lui: *Vuoi che ne parliamo? Posso chiamare…*

*Io: *Sei gentile, ma non ho più minuti questo mese.*

*Lui: *Non hai una linea fissa?*

*Io: *Oh, in effetti sì, qui c'è.*

Tenni le dita sospese sopra la tastiera, esitando. Volevo veramente scoperchiare questo vespaio? Sembrava tanto più semplice e quasi divertente avere un amico misterioso, uno di cui sapevo ben poco, ma che poteva sostenermi. Era un po' romantico, in effetti, il pensiero che potessimo essere amici così senza che i sentimenti si mettessero in mezzo.

Mi piaceva quell'idea ed ero un po' riluttante a rinunciarvi, anche se era solo una telefonata.

Ma, d'altro canto, Heath era nelle montagne sopra Yosemite, dove i cellulari non prendevano, e non c'era nessun altro con cui mi sarebbe piaciuto sfogarmi. Di colpo mi resi conto che volevo sfogarmi. Che *ne avevo bisogno.*

E chi volevo prendere in giro? Ero ancora morbosamente curiosa riguardo a FallenOne. Forse sarei perfino riuscita ad avere un nome vero. Dopo aver trovato il numero di telefono sulla scheda informativa di Lupe, mandai un messaggio a FallenOne.

Qualche minuto dopo, il telefono suonò e risposi con la mano che tremava.

«Pronto?»

«Salve» rispose una voce distintamente maschile. Sentii un piccolo brivido giù per la schiena sentendola per la prima volta e non avevo idea del perché. Erano i nervi? *Attrazione?* Non lo sapevo.

La linea cominciò immediatamente a crepitare e ricordai che Lupe mi aveva avvertito che doveva essere riparata.

«Mi dispiace per i rumori di statica... a quanto pare la linea è messa male.»

«Sì, sembra veramente orribile» disse lui. «Stai bene?»

«Uhm, sì. Quasi.»

«Vuoi parlarne?» La sua voce sembrava un po' disturbata, ma riuscivo comunque a capirlo.

«Non lo so. Heath non c'è e non ho nessun altro con cui parlare, ma non sono sicura di avere qualcosa da dire, eccetto che non è giusto e la vita fa schifo.»

«La vita sicuramente non è giusta.»

Se avessi perso mia madre, avrei perso tutta la famiglia che avevo, tranne Heath. Quel pensiero mi riempì gli occhi di lacrime e, per la prima volta da quando avevo ricevuto la notizia, si riversarono sulle mie guance con una tale forza che non riuscii a mandarle indietro sbattendo le palpebre. Era stato come aprire una diga.

FallenOne mi lasciò piangere senza dire niente. Lo sentivo respirare ogni tanto, ma per la maggior parte del tempo stavo solo affogando nel mio stesso dolore.

«Mi dispiace» riuscii finalmente a dire in mezzo al rumore di statica, dopo quasi dieci minuti di pianto a dirotto. «È la mia mamma...»

«Oh, merda. Mi dispiace.»

«Fa schifo, cavolo.»

«Sì. Se la caverà?»

«Non lo so...» Il rumore di statica tornò fortissimo e riuscii a malapena a sentire quello che disse dopo. «Non ti sento» dissi.

Il rumore di statica continuò, staccai il ricevitore dall'orecchio e aspettai. E aspettai.

E aspettai.

Alla fine, diedi un'occhiata al mio schermo e vidi che aveva scritto un messaggio nella chat del gioco.

*FallenOne a te: *Il tuo telefono è un pezzo di merda. Ho dovuto riappendere.*

*Tu a FallenOne: *Lo so... scusa! Ma grazie per aver chiamato... immagino di aver avuto bisogno di sfogarmi.*

*Lui: *Sospetto che tu abbia bisogno di sfogarti un po' di più. Andiamo a uccidere un po' di roba. Ti farà sentire meglio.*

*Io: *Grazie per aver chiamato. Ma non voglio tenerti alzato. Dev'essere veramente *tardi lì.*

*Lui: *Sono più che felice di sostenere un'amica, perfino un'amica con una linea telefonica da schifo.*

Mi misi a ridere, tra le lacrime e il muco. Poi ci dirigemmo direttamente in un'area ad alta densità nel gioco, per distruggere mostri senza compiere nessuna missione. Ci limitammo ad accamparci nel nostro posto e ad aspettare che venissero generati in modo da poterli abbattere. Ce la cavammo, anche senza un tank o una guaritrice. Solo la nostra perfetta squadra. E lo facemmo per ore. Nei tempi morti chiacchieravamo.

Avevamo appena rischiato grosso, e io dovevo aspettare di riottenere il mana per i miei incantesimi. Eloisa mangiò e bevve nel mondo virtuale per aiutare il procedimento.

*Lui: *Spero che avrai la possibilità di passare un po' di tempo con tua madre. Cioè, so che hai un'agenda molto piena ma... è importante. Solo perché capisca come ti senti. Non tacere niente.*
*Io: *Siamo veramente molto vicine, ma grazie per avermelo ricordato. Non tacerò niente.*

Le mie dita esitarono sulla tastiera prima di continuare a scrivere.

*Io: *Sembra che tu stia parlando per esperienza... si è ammalato qualcuno cui volevi bene?*
*Lui: *Sì. Qualcuno che amavo molto.*

Amavo, passato. Quindi FallenOne aveva perso quella persona. Sentivo il suo dolore e provavo compassione, sapendo che, se l'universo non mi avesse fatto la grazia, ci sarei passata anch'io.

*Io: *Mi dispiace. Spero che ora tu stia bene.*
*Lui: *Spero solo che tua madre se la cavi. Ma, ricorda, non nascondere i tuoi sentimenti, okay?*

*Io: *Tu li avevi nascosti?*
*Lui: *Sì, e lo rimpiango. Ogni giorno della mia vita.*

Sentii un groppo in gola. Non mi aveva raccontato i particolari della sua perdita, aveva solo espresso empatia e mi aveva ascoltato mentre scrivevo una riga dopo l'altra delle mie paure e delle mie preoccupazioni.

Avere qualcuno con me in quel momento mi stava aiutando, moltissimo. Se non potevo avere Heath e uno dei suoi abbracci da orso, almeno potevo avere la presenza virtuale di FallenOne. Era un posto inaspettato da cui ricevere conforto.

Restò in linea con me fino all'alba. A un certo punto, dopo il levare del sole, mi svegliai con la faccia schiacciata sulla scrivania. Mossi il mouse per riattivare lo schermo e vidi che Fallen si era scollegato, ma solo dopo parecchi messaggi senza risposta, l'ultimo dei quali era...

*FallenOne a te: *Sospetto che ti sia addormentata. O almeno spero che sia così. Sto per crollare anch'io, ma, per favore, mandami un messaggio quando ti svegli, così saprò che stai bene...*

Barcollai verso il letto dove mi addormentai entro pochi minuti, ma, prima di sentirmi ghermire dal sonno, mi riscaldò il pensiero che Fallen era rimasto sveglio tutta la notte per tenermi compagnia.

Eppure, nonostante tutto, non avevo ancora idea di come si chiamasse.

Capitolo Sei
Conseguenze

"Donne invisibili" - postato sul blog GirlGeek.

Lettera aperta alla Draco Multimedia Entertainment... e alla loro direzione.

Signori,

e mi rivolgo a voi ironicamente perché posso solo presumere che non ci siano donne a meno di centocinquanta metri dai vostri uffici. O, se ci sono, allora sono invisibili come le vostre giocatrici.

"Giocatrici?" chiederete, con le sopracciglia che risalgono per lo stupore sulle vostre fronti maschili.

Sì, esistiamo. Ma, per quello che vi riguarda, siamo invisibili. Oppure siamo un danno nominale, collaterale, nella vostra missione di vendere il vostro prodotto ai maschi. Perché se mai osaste riconoscere la nostra presenza nel vostro materiale di marketing, in qualche modo i ragazzi si sentirebbero alienati da tutta quella "nauseante roba da femmine".

Ma lasciate che vi riveli una cosina: i nostri dollari valgono quanto quelli di coloro che hanno i genitali all'esterno.

Allora, perché tutte quelle bambole dai bikini succinti? Perché le amazzoni bellocce con metri di pelle nuda esposta agli elementi? Non c'è l'equivalente per i personaggi maschili. O, se ci sono, non li ho ancora trovati. Ci sono i Chippendale a Yondareth? Pari opportunità per la pelle esposta, per favore!

*Le trame e le missioni maschiocentriche sono onnipresenti. Salvate la bella donzella? Vincerete la spada più lunga, più grossa *ammicca-ammicca*. Otterrete il bacio della giovane damigella che ha vinto il concorso di bellezza nel villaggio? *vomito*.*

Spesso ricevo messaggi privati da membri delle gilde e altri che mi chiedono se sono veramente una ragazza "nella vita reale". E, ovviamente, l'obbligatorio "Hai un ragazzo?" se rispondo che sono una donna. Perché, ovviamente, sto giocando solo per trovare un boyfriend. Quello sarebbe l'unico motivo per essere interessata a tutte le cose da geek, giusto?

Il cielo non voglia si possa essere una ragazza ed essere una geek. Perché le ragazze che sono geek stanno solo fingendo per attirare l'attenzione.

Mi rendo conto che è solo il sintomo di un problema più grande. Le giocatrici non sono trattate da uguali, a loro non vengono dati personaggi e trame che rispecchino quelle per i maschi. Le giocatrici non sono riconosciute né hanno un vero valore nella comunità nella sua totalità.

Ma Dragon Epoch ha un'opportunità per rovesciare in parte questo modo di pensare. E faccio appello alle nobili voci maschili al quartier generale perché avvenga.

Questa è la mia sfida ufficiale ai creatori del gioco che preferisco in questo momento: migliorate. Pensate fuori dagli schemi. Ricordate che quasi metà della vostra piattaforma di giocatori è, in effetti, femminile. E non vogliamo più essere invisibili.

Con i miei migliori saluti,
Girl Geek.

***

Era parecchio che volevo pubblicare questo post, il risultato degli insulti contro la parte femminile dell'umanità che avevo dovuto sopportare nel gioco, Dragon Epoch e altri. Qualche giorno dopo stavo ancora avendo a che fare con le sue conseguenze.

Ero stata chiamata in causa dai blog gestiti da maschi e altri avidi sostenitori di Dragon Epoch che insistevano che "era tutto nella mia testa", con una robusta dose di spiegazioni che gli uomini si sentivano di dover dare. Avevo dovuto bloccare i commenti sul mio blog, bloccare parecchi molestatori sui social media e smettere di guardare alla mia casella di posta per via dei commenti furiosi, e perfino di alcune minacce.

Non era la settimana giusta perché accadesse. Non dopo le brutte notizie della mamma e il test di ammissione che si avvicinava sempre di più.

Tentai, veramente, quando non stavo lavorando sul blog o sui social media, di entrare nella forma mentis giusta per il test. Conoscevo il materiale da cima a fondo, ma concentrarmi a sufficienza per risolvere i problemi ipotetici era tutta un'altra storia.

Inoltre, le mie ore in ospedale erano aumentate significativamente, dato l'imminente arrivo della stagione estiva. Anche se ero lieta sia del diversivo alla mia depressione per le notizie della mamma sia dell'aumento in busta paga, non avevo praticamente tempo per studiare. E ancora meno tempo per dormire. E niente tempo per giocare.

Fortunatamente, FallenOne si teneva in contatto con me ogni giorno, con dei messaggi. E li aspettavo con ansia.

Ehi, scriveva a qualche ora assurda. *Stai bene?*

Sì. Maledettamente presa, rispondevo.

Il test ci sarà presto, vero? Pronta a passarlo alla grande? Potevo quasi sentire il sorriso nella sua voce, quel poco che ricordavo di quella voce profonda, pastosa e, sì, un po' sexy, che era arrivata dalla crepitante linea telefonica.

Mi accontenterei di farcela. Il test è progettato specificatamente per eliminare il 75% di tutti i candidati alla facoltà di medicina che lo effettuano.

Beh, è un pensiero allegro. Ma, ehi, Heath ha detto che sei una cervellona.

Heath non sa niente. :p

Stai studiando da quanto? Due, tre mesi?

Ogni giorno da quattro mesi e mezzo, sì.

Ce la farai. Faccio il tifo per te.

Stai agitando dei piccoli pon-pon e gridando slogan in rima?

Qualcosa del genere. In bocca al lupo. Mia.

Quando tornò dal suo viaggio, Heath si presentò alla mia porta. Il campeggio non era andato come aveva previsto. Brian si era lamentato per tutto il tempo, quindi Heath aveva deciso di passare del tempo lontano da lui stando con me nel mio "buco" (come chiamava lui il mio monolocale). Era bello averlo con me nel momento del bisogno.

Ma, tra le ore extra all'ospedale, lo studio frenetico dell'ultimo minuto e la scuola, ero veramente alla frutta ed esausta.

Una settimana dopo, arrivò il giorno dell'esame.

Mi trascinai fuori dal letto, ingollai litri di caffeina e portai con me le mie cinque matite numero due, perfettamente appuntite, e il calcolatore scientifico.

Ore dopo, uscii dalla stanza con la sensazione di essere stata travolta da un autobus. Schiacciata, appiattita, rotta.

Mi avevano avvertita.

Il test veniva spesso chiamato un colossale gioco per confondere la mente. Molti studenti uscivano sentendo di aver completamente fallito. Praticamente come mi sentivo io.

Ma mi rassicurarono parecchi post online sui vari forum dedicati al test che discutevano come sopportare il periodo successivo, i trentun giorni di attesa per il risultato.

Aspettare il risultato sarebbe stato un vero inferno. Ma ero in buona compagnia, sentendo di aver fallito e sperando al contempo di avercela fatta. Era stato difficile concentrarmi sui problemi e la mia mente aveva continuato a vagare.

Ma avevo finito presto.

Era un buon segno, giusto?

L'avrei scoperto tra trentun giorni.

Capitolo Sette
Il risultato del test

L'ATTESA MI STAVA UCCIDENDO. *UCCIDENDO.*

Giocare online non mi aiutava molto perché FallenOne era assente per tre settimane per qualche misterioso viaggio, Kat si collegava solo sporadicamente e Heath stava completando le pratiche per comprare il suo appartamento.

Sì, lavoravo un mucchio di ore, ma non avevo più la scuola, dato che c'era la pausa estiva. Quindi scoprii di avere bisogno di qualcosa di più.

E ciò mi portò a passare veramente del tempo con gente della mia età... nella stessa stanza... a faccia a faccia.

E, sorpresa!, mi piaceva!

«Le acque si alzano!» Alex stava praticamente urlando mentre girava un'altra carta.

«Oh, dai, Alejandra, di nuovo? Stai evocando le alluvioni» sospirò Jenna, la coinquilina di Alex.

Guardai Jenna, seduta davanti a me. Era stupenda, con capelli biondi chiarissimi, con tanto di striscia blu-verde, e sereni occhi azzurri. Si arrotolò una di quelle ciocche color platino su un lungo dito sottile. Ci eravamo conosciute solo la settimana prima, mentre ero ancora traumatizzata dal test, quindi la sintonia non era stata immediata. Jenna era più riservata dell'esuberante Alejandra, ma quella sera cominciava a piacermi.

Abbassai gli occhi sulle carte stese come piastrelle sul tavolo in mezzo a noi. Alex stava riflettendo su come giocare le carte che aveva pescato, mentre Jenna era china in avanti e le dava suggerimenti. Dato che Forbidden Island, l'Isola Proibita, era un gioco di collaborazione, dovevamo lavorare tutte insieme invece che l'una contro l'altra.

Jenna sembrava non accorgersi dei due maschi al tavolo, che praticamente le stavano sbavando addosso. Secondo i pettegolezzi di Alex, Jenna usciva contemporaneamente con entrambi. Se era la verità, li stava gestendo come una professionista in quel momento, senza il minimo sforzo.

O forse *era* solo una voce infondata.

«Allora, Mia, ti stai vedendo con qualcuno?» chiese Alex.

Riuscii a non guardarla stupita mentre pescavo le mie tre carte avventura e le appoggiavo sul tavolo davanti a me: *calice, statua, statua.*

Diedi una cauta occhiata ai ragazzi, che conoscevo appena, e dissi: «Nessuno in particolare».

Non c'era nessuna ragione di parlare del fatto che *non* frequentavo mai nessuno o i motivi sottostanti. Non era il posto per discutere del mio ex-ragazzo da incubo o l'orribile incidente alle superiori.

«Sono tra un ragazzo e l'altro anch'io» disse Alex, con un sorriso malizioso rivolto a Jenna. Si scambiarono un'occhiata, sorridendo per qualcosa che sapevano solo loro due. Alex, in effetti, era seduta tra i due boyfriend di Jenna. I due ragazzi, di cui non ricordavo il nome, non se ne accorsero nemmeno. «Okay, Mia, pesca le due carte alluvione.»

«C'è gente che è veramente brava a passare da una relazione all'altra con facilità» disse Alex. «Non io. Ho bisogno di un certo tempo in mezzo.» Diede un'occhiata significativa a Jenna, che altrettanto significativamente la ignorò. «Immagino che non tutte stiano cercando quello giusto.»

«Quello giusto?» disse Jenna. «In effetti, tu stai cercando un cavaliere dalla scintillante armatura. Sei nata con circa quattrocento anni di ritardo, *chica.*»

Alex sbuffò e disse a Jenna che toccava a lei giocare.

Le ragazze erano veramente divertenti e stavo effettivamente imparando qualcosa da loro. Imparando che mi servivano più amici. Ovviamente, avevo i miei amici virtuali online e Heath. Ma non potevano essere sempre lì per sostenermi, e non potevo nemmeno aspettarmelo.

Tutti avevano la loro vita e io avevo la mia, per quella che era.

Ma a volte, come stavo scoprendo, potevo sentirmi veramente sola.

Quindi, sforzandomi di aprirmi di più con i nuovi amici, stavo imparando il valore di aprirmi a nuove relazioni. Nuove esperienze.

Non voleva dire che stessi uscendo per cercare un boyfriend nel prossimo futuro, nonostante quello che diceva Alex. Non era il caso di fare follie!

***

Qualche settimana dopo, Heath si presentò a casa mia, ironicamente, per sfruttare la mia connessione Internet. Lui e Brian si erano appena trasferiti nel nuovo appartamento, con due stanze da letto, sulle colline, e la sua linea non era ancora stata installata. Quindi quella sera sarebbe stato un po' come i vecchi tempi, noi che giocavamo insieme nella stessa stanza.

«Pronta? Penso fossimo d'accordo di lavorare sulla missione dell'incantesimo di guarigione completa di Kat. Ci incontreremo online tra un'ora.»

«Sì» dissi. «Mi collego per controllare se i risultati del test sono online oggi. Ufficialmente non dovrebbero esserci fino a domani, ma voci di strada dicono che a volte sono disponibili la sera prima, alla fine della giornata lavorativa.»

«Dai, collegati allora. Controlliamo. Dicevi che ti sembrava di essere andata bene...»

«Non ho idea di come sono *veramente* andata.» Avevo solo cercato di continuare a rassicurarmi tutte le volte che la mia mente mi gridava che avevo miseramente fallito.

Di colpo, sentii un masso nello stomaco. E se l'avessi completamente fallito? Non c'era dubbio che fossi distratta quando avevo fatto il test. D'altra parte, avevo una buona conoscenza del vocabolario e conoscenze pregresse. Potevo aver fatto tanto casino? Ah, la confusione mentale provocata dal test all'opera...

Allontanai la tastiera. «Aspetta... aspetta. Non sono sicura. In un certo senso preferisco non saperlo.»

Heath spinse la tastiera verso di me. «Meglio saperlo. Hai sempre superato alla grande ogni esame che hai fatto. Sei la migliore amica che si potesse avere alle superiori... per copiare.»

Annuii, feci un respiro profondo, andai sul sito della Association of American Medical Colleges, usando il mio account per collegarmi. Sembrò ci volesse una vita per trovare il mio punteggio. E quando apparve, mi sentii morire. Poi aggiornai la pagina, non volevo credere a quello che vedevo.

«Diciotto» dissi squittendo. Perfino *io* riuscivo a percepire l'incredulità nella mia voce tremante.

«È buono?» chiese Heath, con tutti i muscoli tesi come se fosse pronto a saltare in piedi e abbracciami per congratularsi.

«È terribile» dissi con la voce roca. «Più che terribile. È pessimo. È...» Le parole mi si fermarono in gola, avevo la nausea.

«Non può essere così brutto» sbuffò Heath. «È diciotto su...?»

«Quarantacinque» gracchiai. «Sono nel ventesimo percentile in fondo.»

Lui si schiarì la voce, con un'espressione preoccupata sul volto. «Beh, riuscirai sicuramente a rimediare con i tuoi voti, giusto? Cioè, hai dieci in ogni materia. Non hai mai avuto un voto più basso.»

Scossi la testa, con gli occhi pieni di lacrime. «Nemmeno i miei voti possono rimediare. Il punteggio è talmente basso da essere un dimenticati-il-sogno-di-frequentare-medicina.» Mi mancava l'aria. Sapevo di non aver fatto un ottimo esame... ma non immaginavo di essere caduta così in basso.

Come avrei fatto a dirlo alla mamma? Quel masso nello stomaco stava crescendo a dismisura mentre ripensavo a quel giorno, un mese prima, in cui avevo fatto il test. Com'era possibile che fossi stata così fuori fase? Aver fatto un test così orribile, eppure non avere idea di aver fallito in modo così plateale? Parliamo di una doppia stangata.

Heath si rimise diritto, osservandomi attentamente mentre cercavo di respingere le lacrime. Non mi aveva visto spesso piangere e sono sicura che lo turbasse moltissimo vedere quanto ci ero vicina.

«Allora lo rifarai. Non è tutto perduto. Puoi rifarlo tutte le volte che vuoi, no? Come me con quel merdoso SAT. Il maledetto orale mi ha distrutto.»

Evitai il suo sguardo, mentre ogni briciola di vita ed eccitazione mi abbandonavano, raccogliendosi in una pozza sul pavimento sotto la mia sedia. Tutto quello studio. Tutte le ore in cui avevo rinunciato a fare qualcosa di divertente, a fare *qualsiasi* altra cosa avrei preferito fare. Tutta quell'energia mentale ed emotiva. Non sapevo se sarei riuscita a raccogliere il coraggio di rifarlo. Avrei avuto lo stesso risultato?

«Già, immagino di sì» sussurrai.

Heath mi mise una mano sulla spalla. «Sai una cosa. Non ci penseremo adesso. Stasera ci collegheremo e faremo saltare in aria un mucchio di roba.»

Mi tolsi la sua mano dalla spalla e scossi la testa. «Credo che andrò a fare un pisolino.»

«Mia...»

Alzai una mano. «Sono sicura che stasera troverai un incantatore o un'incantatrice per la missione di gruppo. Per favore. Mi sento veramente da schifo in questo momento e vorrei restare sola. Puoi andare da Starbucks per avere Internet?»

Heath mi guardò a lungo. «Mi collego e cancello la sessione. Resterò con te per assicurarmi che vada tutto bene.»

Diedi una manata alla scrivania davanti a me. «*Sto* bene e non potrò andare a dormire se sei qui. Per favore. Ho solo bisogno di restare da sola. Andrà tutto bene, te lo giuro.»

Le rughe sulla fronte di Heath divennero più marcate. «Okay, che ne dici se vado da Starbucks nel Circle, così posso passare a vederti mentre vado a casa?»

Alzai le spalle. «Se la luce è spenta, non bussare, starò dormendo. È ora che dorma un po'. Sono solo così esausta. Ti chiamerò domani mattina.» Detestavo il modo in cui la mia voce stava tremando.

Le sopracciglia di Heath si avvicinarono talmente da minacciare di creare un monociglio permanente, ma alla fine si decise ad andarsene.

E poi... e poi. Alice cadde a gambe all'aria nella tana del Bianconiglio. E non finì nel Paese delle Meraviglie. Neanche per sogno. Sguazzò, invece, e marinò nel sale delle sue lacrime e del suo fallimento, in uno stufato tutto suo. Tormentata dai *se solo*.

Se solo avessi lavorato di più.

Se solo fossi rimasta concentrata. Che medico sarei stata, dopo tutto, se non riuscivo ad accantonare le preoccupazioni personali e fare il lavoro per cui ero stata addestrata? Che medico sarei stata se mi fossi lasciata distrarre quando le vite dipendevano da me?

Se solo la mamma non si fosse ammalata.

Se solo...

Se solo non avessi perso la speranza.

In tutto quel periodo, ero rimasta in contatto con la mamma, chiamandola tutti i giorni. Aveva già fatto quattro sedute di chemioterapia e sapevo che non ci sarebbe voluto molto prima che ne pagasse il prezzo. Ero riuscita a tornare a casa ogni fine settimana, in cui riuscivo a racimolare abbastanza soldi per la benzina e il tempo per il viaggio.

Tutte le volte in cui le parlavo, mia madre sembrava un pochino più stanca. Presto avrebbe perso i capelli, se non aveva già cominciato. Chissà che cosa non mi stava dicendo, nel tentativo di proteggermi dalla verità? In modo che non mi distraessi. In modo che avessi successo.

Non potevo nemmeno immaginare la delusione cocente che avrebbe provato sentendo la notizia.

Non avevo solo deluso me stessa. Avevo deluso anche lei.

E faceva *male*. Maledettamente male.

Forse non ero abbastanza brava per poter essere un medico, dopo tutto. Quel test era ingegnato in modo da scremare i senza speranza da quelli che ce l'avrebbero veramente fatta. Forse io ero senza speranza.

Era quel pensiero che, più di tutto, mi lasciava dolorante, indolenzita. Esausta, piansi fino a addormentarmi.

E dato che non avevo lezione il giorno successivo, continuai a dormire... o meglio, l'avrei fatto se il mio cellulare non avesse suonato per annunciare un messaggio alle 8 del mattino.

Stai bene? Era FallenOne.

Sbattei le palpebre per liberare gli occhi dal sonno e cercai di elaborare il messaggio. Perché mi aveva mandato il messaggio? Stava controllando perché non mi ero collegata la sera prima? Heath gli aveva detto qualcosa? Che cosa avrei dovuto dirgli?

Sì. Sto bene, risposi.

La sua risposta arrivò dopo pochi secondi. *Non ti credo.*

Perché? Perché sono talmente dipendente che solo la peggiore delle circostanze mi avrebbe impedito di collegarmi a Dragon Epoch? Le mie tendenze sarcastiche prevalevano sempre, perfino quando ero emotivamente esausta e in un messaggio.

Qualcosa di simile.

Che cosa vi ha detto Fragged?

Ha detto che non stavi bene. È okay vedere come sta un'amica?

I miei pollici erano sospesi sopra la tastiera virtuale; esitai prima di rispondere. *No, va bene. Sto bene.*

La sua risposta arrivò ancora in fretta. *È così allora, solo sto bene?*

Sospirai, anche se non poteva sentirmi. *Stai rompendo. Non hai una lezione o qualcos'altro?*

Qualcos'altro... ma solo fra un'ora. Ho tempo. Che cosa ti sta tormentando?

Ho ricevuto il risultato del test di ammissione.

Il mio pollice esitò sul tasto Invia. Volevo veramente parlargliene? Ero pronta a scaricare questo fardello su un amico unicamente virtuale? Ma comunque mi aveva sostenuto quando la mamma aveva ricevuto la sua diagnosi. Fallen era rimasto con me per tutta la notte, dimostrando che ci teneva.

Feci un respiro profondo, cancellai il messaggio e ne scrissi un altro. *Ho fallito il test di ammissione.*

Hai già ricevuto il risultato?

Già, fallimento totale.

Definisci "fallito" però. Significa che non hai ricevuto il punteggio che speravi?

Mi morsi l'interno della guancia mentre continuavo a scrivere, nuovamente tormentata da ciò che era andato storto. Stress? Scarsa preparazione? Chi lo sapeva... *Significa che sono un totale fallimento.*

Uhm. No. Respingo assolutamente quella dichiarazione.

Temo che sia vera.

No, Mia. Allora, hai avuto un punteggio da schifo. Ma ultimamente, c'erano parecchie cose in ballo nella tua vita.

Temo che la AAMC non accetti la giustificazione della mia mamma.

Non è quello che intendevo. Volevo dire che puoi rifarlo.

Probabilmente sarebbe un errore, finché non avrò capito che cosa è andato storto. Ma è possibile che debba accettare il fatto che – dovetti ingoiare il groppo che avevo in gola mentre scrivevo le ultime parole – *che probabilmente non diventerò mai un medico.*

Adesso stai solo dicendo una stupidata. Certo che diventerai un medico. E bravissimo anche! Uno a cui interessa la gente che cura.

Devo capire se è vero o se sono solo una buona a nulla che non sa neanche da che parte cominciare per fare il test.

Il test è difficile, a quanto mi risulta. Ho controllato quando me ne hai parlato. E avevi in ballo un mucchio di cose. Puoi rifarlo. Ho appena trovato su Google tre diversi posti a Los Angeles in cui lo faranno il mese prossimo. Ti manderò il link.

Mi resi conto che non solo stava cercando di aiutarmi, ma che era incredibilmente dolce nel suo tentativo di rallegrarmi. E io stavo sommariamente cagando sul suo discorso d'incoraggiamento.

Mi morsi il labbro, riflettendo. Probabilmente era il caso di smetterla con la negatività. A essere sincera, mi stava facendo sentire un po' meglio...

Grazie. Non credo che lo rifarò subito, almeno finché non avrò stabilito un piano di attacco. Ma quando lo rifarò non ho intenzione di andare fino a LA quando lo danno regolarmente ad Anaheim e Fullerton. Molto più vicino.

Un secondo dopo aver premuto "Invia", mi resi conto di aver appena rivelato la mia posizione. Ma dopo essermi preoccupata per un secondo netto, non ci pensai più. Vivevano oltre tre milioni di persone nell'Orange County. Non poteva stalkerarmi con quell'informazione, anche se avesse deciso di venire dalla mia parte del paese e cercare di incontrarmi, o qualcos'altro di strano.

Troppe informazioni. Potrei essere un serial killer, sai.

Risi forte, finendo in un grugnito. *Stavo cominciando a ricevere quella sensazione da te, ma dopo il punteggio che ho ricevuto, ho quasi un desiderio di morte.*

Spero che tu stia scherzando. Dimmi che stai scherzando.

Adesso stavo veramente sorridendo, nonostante mi sentissi di merda. *Sto scherzando.*

Devo andare tra un minuto, ma ti controllerò più tardi. Per favore, puoi chiamare Fragged o qualcun altro se ti senti veramente giù?

La mia mano si bloccò quando lessi il messaggio. Parlargli di nuovo? Il mio stomaco fece uno strano piccolo movimento, come se le farfalle avessero preso il volo. Avevo sperato, dopo la nostra ultima telefonata e nonostante le circostanze in cui era avvenuta, che avrebbe cercato di parlarmi di nuovo. *Ti do la mia parola*, risposi.

Stasera comunque ti collegherai. Tu e io andremo a fare qualcosa di divertente. C'è questo punto fico nella zona di Forgotten Ridge. Una caverna nascosta. Te la mostrerò.

Aggrottai la fronte. Una caverna nascosta? Come faceva a sapere una cosa simile? *Stai mentendo, non ne ho mai sentito parlare.*

È top secret. Non puoi parlarne con nessuno. E non puoi parlarne nel blog.

Ero ancora più perplessa. *Perché?*

Perché allora non sarebbe più un segreto!

Se è così segreta, come hai fatto a scoprirla? E perché dirlo a me, una blogger?

Potrei dirtelo, ma poi dovrei ucciderti.

*Allora *sei un serial killer.*

Sono un serial killer... di goblin, troll e vampiri fatti di pixel. E di tutto il resto dei mostri che devo distruggere per passare di livello.

Sospirai e mi rilassai, sorpresa che, nei minuti appena passati, avessi quasi dimenticato di essere depressa.

Allora, ti collegherai, vero?

Altrimenti?

Altrimenti dirò a Fragged di venire lì a darti fastidio.

Mi collegherò. Inoltre, se venisse qua, il suo boyfriend farebbe i capricci. Stasera è la loro sera per uscire.

Bene, allora saremo solo tu e io. E il nostro piccolo rifugio segreto.

Fui sul punto, quasi, di scrivere *"Abbiamo un appuntamento"*, prima di ripensarci.

***

Fallen mi portò con sé in un'avventura, come promesso. Ci incontrammo accanto alla stazione di trasporto e salimmo a bordo di una gondola tenuta tra gli artigli da un enorme drago d'argento. Funzionava come un dirigibile, stile fantasy, e ci portò attraverso il continente con l'uso di un persistente battere di gigantesche, fiabesche ali di rettile, invece delle leggi della termodinamica. Nel gioco, questi lunghi viaggi erano rappresentati da ritardi in tempo reale.

Fu durante uno di questi ritardi, in qualche punto tra la Torre del Drago dell'Antica Città e la nostra destinazione ignota, in alto sopra Le Forgotten Ridge Mountains, che Fallen mi mandò un messaggio.

*FallenOne a te: Clicca sulla botola, adesso!

La botola? Percorsi velocemente lo schermo con gli occhi fino al livello inferiore della gondola, dove, in effetti, c'era una piccola botola nascosta in un angolo. Cliccai immediatamente. Di colpo il mio personaggio fu in caduta libera accanto al suo, una caduta che, in circostanze normali avrebbe significato morte certa. Ovviamente non c'era niente di normale in questo posto.

Sprofondammo in un lago di montagna isolato, annidato tra le cime. Sapevo che questa zona sarebbe stata inaccessibile dal fondovalle di quell'area, viaggiando a piedi, o perfino con una cavalcatura.

Lo sapevo perché una volta avevo tentato di scalare le cime di queste montagne e il gioco non l'aveva permesso. Avevo raggiunto il "bordo" di ciò che era raggiungibile ai giocatori. In qualche modo, FallenOne aveva scoperto un "buco" in quella barriera cadendoci attraverso dall'alto ed era stato ricompensato con questo bel posto.

Il sole stava appena sorgendo oltre le cime frastagliate, il cielo virtuale del colore rosato della panna e delle pesche. I nostri personaggi stavano galleggiando nel lago, con il rumore dell'acqua che sciabordava increspandosi intorno a noi. Sarei potuta restare lì per sempre, ma FallenOne indicò una sponda che dava su una scogliera.

Nuotammo attraverso il lago verso quella sponda, dove si riversava un'alta, potente cascata, con grandi spruzzi e potenti increspature che si allargavano verso l'esterno.

*FallenOne a te: *Quando nuoti attraverso la cascata tuffati verso il basso. In fondo al lago vedrai un'entrata. Entra. Devi farlo piuttosto in fretta altrimenti resterai senza fiato e annegherai. Pronta?*

L'entrata nascosta di una caverna, dietro a una cascata, in un lago altrimenti inaccessibile ai giocatori a meno che sappiano dell'apertura nella zona di sorvolo?

Più nascosta di così!

Un vero peccato non potessi parlarne nel mio blog...

Seguii le istruzioni di FallenOne, finendo in un piccolo tunnel sommerso sul fondo del lago. Eravamo rimasti quasi senz'aria quando il tunnel curvò verso l'alto ed emergemmo in una grotta artificiale che sembrava creata dalle fate.

Porca paletta! scrissi. *È incredibile.*

Una luce acquosa filtrava da una fonte indiretta e qualcosa sulle pareti della caverna emetteva un bagliore bioluminescente verde brillante. C'erano stalattiti nei colori delle gemme che pendevano dal soffitto con le stalagmiti corrispondenti che salivano dal terreno. L'acqua era chiara come il cristallo, con la superficie che rifletteva tutto, e si sentiva il suono melodioso e lontano dell'acqua che gocciolava a un ritmo costante. Era da togliere il fiato.

Da dov'eravamo, nell'acqua bassa della pozza nella caverna, sembrava ci fossero delle sale che portavano ad altri passaggi.

Io: Questo posto è enorme. Sembra che continui all'infinito.
Lui: Vuoi esplorarlo?
Io: Ai Mynock piace rosicchiare i cavi elettrici? Domanda retorica.

Trovammo una sala che conteneva dei mobili in stile rustico, ricavati da legname grezzo e tenuti insieme da pelli animali. Un'altra sala aveva iniziali incise nelle pietre delle pareti. A volte solo due iniziali, come A.D. o L.W., a volte tre, come J.C.F. o W.J.D. Graffiti virtuali. Le iniziali di ciascuno erano incise con scritture diverse, come se fossero state scarabocchiate direttamente dalle persone.

Chi erano? Sviluppatori? Dipendenti della società che aveva creato Dragon Epoch? Famigliari e amici degli sviluppatori che avevano inserito lì la caverna?

Incredibilmente strano... e meraviglioso.

Continuammo l'esplorazione. Una parte della caverna si apriva su un prato nascosto dietro una montagna. Era pieno di fiori selvatici e il cielo era di un azzurro brillante per il sole appena sorto. *Bello.*

Io: Mi piacerebbe che esistesse un paradiso così nella vita reale.

Lui: Ti senti meglio adesso?

Io: Sì! Grazie.

Lui: Prego.

Io: Adesso mi dirai come facevi a sapere di questo posto?

Lui: Diciamo che ho passato un po' di tempo a esplorare cercando delle scappatoie.

Io: Chi SEI? Come fai ad avere il tempo di farlo?

Avrei potuto sospettare che fosse un dipendente della società che aveva progettato il gioco, solo che questa aveva base in California e gli orari di Fallen erano decisamente quelli della costa est. Magari aveva un amico che lavorava per la società.

Conoscendo FallenOne, beh, per il poco che lo conoscevo, sarebbe rimasto un mistero per gli anni a venire. E potevo accettarlo o cercare di estorcergli la verità.

Scelsi di accettarlo.

*****

Ci volle una settimana, ma alla fine riuscii a riprendermi dal grande disastro del test d'ammissione. Non che il senso bruciante del fallimento se ne andasse mai via completamente.

Ne venni fuori più che altro perché Heath venne a tirarmi fisicamente fuori di casa per portarmi al cinema, al minigolf o in qualunque altro posto. E le insistenze virtuali di Kat e FallenOne perché mi collegassi e lavorassi con loro sulle missioni. Riuscimmo a far ottenere a Kat l'incantesimo di completa guarigione e ci spostammo sulla barbara missione di far imparare a Fragged le tecniche segrete del Grande Eremita Mercenario, che, ironicamente, viveva nelle Forgotten Ridge Mountains.

FallenOne non aveva mai raccontato agli altri della caverna nascosta e, per quanto mi sarebbe piaciuto farlo io, tenni la bocca chiusa. Così sarebbe rimasta il nostro rifugio segreto, un paradiso virtuale quasi incredibile. Ma non ci tornai più nemmeno io.

***

Una sera, qualche settimana dopo, stavamo lavorando sulla missione incredibilmente noiosa di Heath, con Persephone e io che ci lagnavano bonariamente.

«Smettila di lagnarti, Eloisa. La prossima grande missione è la tua. A meno che tu voglia che mi lamenti e gema per tutto il tempo in cui ci lavoreremo» disse Heath. «La vendetta è una carogna.»

«Anche tu» gli risposi in un secondo netto.

Un mercenario esperto era un bonus per qualsiasi gruppo, dato che era quello che stava davanti a tutto il gruppo, gridando frasi irritanti ai mostri che così avrebbero attaccato solo lui. Il suo unico lavoro era di restare lì, come uno scudo di carne, ed essere malmenato mentre il resto di noi faceva fuori i mostri. A questo livello, ogni battaglia era un lavoro di squadra.

«Sai,» dissi, dopo aver ucciso il quindicesimo troll, «mi piace moltissimo questo gioco. C'è qualcosa per tutti e mi piace la creatività della missione, vorrei solo che avessero qualcosa per quelli di noi che vogliono scavare più a fondo e risolvere un mistero.» I miei pensieri continuavano a tornare a quella caverna nascosta e al motivo per cui era lì. Mi sarebbe piaciuto saperne di più.

FallenOne mandò un messaggio al gruppo. *Che cosa intendi?*

«Beh, per esempio, mi piacerebbe che ci fosse una missione segreta.» Mi misi diritta sulla sedia e osservai il monitor, premendo i tasti giusti per i miei incantesimi che illuminavano lo schermo come un temporale di fulmini. «Qualcosa nascosto nel gioco, sottostante alle missioni palesi. Forse cercare degli indizi o parlare con i personaggi non giocatori per avere suggerimenti che ci portino a una catena di missioni segrete. Mi piace quando mi spingono a pensare fuori dagli schemi.»

Questa è veramente un'idea interessante, commentò FallenOne.

«Beh, un giorno ci sarà un gioco che farà roba del genere» dissi.

Fragged si mise a ridere. «Non credo nemmeno che *possano* fare una cosa simile. Non con la tecnologia di programmazione esistente.»

Scagliai il mio ultimo incantesimo nucleare per finire un grosso mostro, poi indicai di aspettare finché si fosse rigenerato il mio mana prima della battaglia successiva. «Mi piacerebbe che fosse possibile. Dragon Epoch è talmente più avanzato degli MMO che ho giocato finora. Se esistesse qualcuno che può riuscire a fare una cosa brillante come quella, sarebbe proprio la gente che ha creato Dragon Epoch.»

«Forse» rispose Fragged.

Si inserì FallenOne: *Non sarebbe poi così difficile da implementare. Un po' di programmazione nestata, sai a più livelli, costruita in modo creativo.*

Fragged sogghignò. «Oh, adesso sei un esperto di programmazione?» Non che avessimo idea in che cosa *fosse* esperto... eccetto che nel mantenere i segreti.

FallenOne disse al gruppo: */ alzata di spalle. È solo un'idea. Forse sarebbe troppo difficile. Chi lo sa?*

Sospirai. «Sarebbe un peccato che non fosse possibile perché potrebbe essere veramente divertente. Ad esempio, potrebbero rilasciare un suggerimento ogni settimana per i giocatori che sono interessati. Non lo so. Era solo un'idea.»

Suggerimenti? Roba da fighetti. I giocatori dovrebbero faticare per ottenerli, disse FallenOne.

«Beh, comunque vogliano farlo» risposi, «potrebbero diventare creativi, magari far aprire una nuova zona o un'espansione. Ci potrebbe essere dietro una nuova storia.»

«Comunque,» ci interruppe Persephone, «non dovremmo trovare questo boss per finire la missione di Fragged?»

«Non è ancora stato generato» disse Fragged.

Persephone sospirò. «Andiamo a fare qualcos'altro per un po'. Mi sto annoiando.» Una lamentela molto comune dalla nostra dinamica amica canadese.

«Sei assetata di sangue» l'accusò Fragged.

E continuarono a battibeccare bonariamente mentre cominciava un'altra conversazione.

*FallenOne a te: Allora, parlami di quest'idea della missione segreta. Io penso che sia interessante.

Sorrisi, mi morsi il labbro e risposi.

*Io a FallenOne: *È solo un'idea al volo. Mi piacerebbe se nel gioco ci fossero sorprese simili, sai come uova di Pasqua. Solo piccole missioni segrete divertenti da scoprire quando ci stanchiamo di raccogliere le lingue delle lucertole giganti per la strega locale o denti di tigre per lo sciamano della città...*

*Lui: *Quelle missioni non sono *così male.*

*Io: *No, non sono male, ma non ti fanno esattamente pensare fuori dagli schemi, sai che cosa intendo. Ma Dragon Epoch è un gioco così cazzuto, e hanno dimostrato di essere favolosi con il loro progetto. Penso che sarebbe una bella idea se potessero implementarla. Peccato che non abbiano una "scatola dei suggerimenti" in modo che i giocatori possano sottoporre idee come questa ai progettisti.*

*Lui: *Ah-ah. Molto divertente. Spero che tu stia effettivamente usando la scatola dei suggerimenti invece di limitarti a essere sarcastica. O forse dovrebbero solo leggere il tuo blog. Qualcuno dovrebbe parlargliene.*

*Io: *Qualcuno l'ha già fatto, a quanto pare. Sorprendentemente, hanno messo parecchie volte il mio link sulla loro pagina di destinazione.*

*Lui: *Tu sminuisci l'importanza del tuo blog. Non dovresti farlo.*

*Io: *Beh, grazie. Sono lieta che ti piaccia. Se non riuscirò a diventare un medico, magari potrò cercare di capire come vivere delle mie superbe capacità di blogger.*

«Che diavolo state facendo voi due, state fumando erba?» gridò Fragged nelle cuffie. «Stiamo combattendo qui!»

E fu la fine del discorso. Quella sera finimmo la missione di Fragged. E più tardi, inviai veramente l'idea della missione segreta alla scatola dei suggerimenti che probabilmente nessuno controllava.

E, se lo avessero fatto, chissà se avrebbe attecchito? Ma di certo sarebbe stato fico.

Capitolo Otto
Verità o Penitenza

Arrivò nuovamente l'autunno e con quello l'inizio del mio ultimo anno, per me l'ultimo semestre di corsi con parecchie delle materie più impegnative che avessi mai avuto nella mia intera carriera al college. Quanto al test d'ammissione, avevo passato due interi mesi a rivalutare quello che era andato storto e avevo formulato un piano d'attacco.

Chiaramente c'era tutta una strategia dietro al test. E l'avevo imparata. E in fretta.

Perché più ritardavo il momento di rifarlo, più avrei ritardato la domanda alla facoltà di medicina. Rischiavo di perdere un anno intero tra la fine del college e il trasferimento all'università.

Ingoiai il rospo e mi unii a un gruppo di studio. Cosa per me impensabile, eppure fastidiosamente necessaria.

«Forse dovremmo cominciare con le presentazioni?» cominciò la biondina pimpante, spostando la sua sedia in una delle aule di studio riservate nella Biblioteca Leatherby della Chapman University. «Io sono Alicia Smiley e mi sto laureando in chimica organica. Niente battute sul nome, per favore e grazie. Sorrido veramente moltissimo.» Sottolineò quella dichiarazione con due fossette perfettamente simmetriche sulle guance.

Il gruppetto rise alla sua battuta. Avevamo usato un forum universitario perché ci abbinasse, in base alla data presunta in cui avremmo fatto il test. La maggior parte di loro era un anno dietro a me e intendevo tenere la bocca chiusa sul mio precedente fallimento.

Il secondo che si presentò fu un tipo con i capelli scuri spettinati appiccicati sulla fronte e un brutto maglione. Si presentò in sordina come Clark. Lo raffigurai mentalmente come se portasse gli occhiali alla Clark Kent. L'immagine che mi venne in mente subito dopo fu di lui che si strappava di dosso quell'atroce maglione e mostrava una tuta blu con una gigantesca "S" sul petto. Dovetti mordermi il labbro per nascondere una risatina.

Altri si presentarono. Poi fu il mio turno. «Sono Mia Strong. Laurea in biologia e, sì, voglio solo fare veramente bene in questo test.» Quel masso nello stomaco si ribaltò di nuovo, come faceva ogni volta che ripensavo al mio fallimento e a che cosa avrebbe potuto significare se non mi fossi data da fare e non avessi passato questo maledetto test.

Per ultimo, si chinò in avanti un ragazzo che sembrava veramente giovane, con capelli biondi ricci e il bell'aspetto del ragazzo della porta accanto. «Io sono Jon. Scienze motorie. Mi sono appena trasferito dalla Penn, cioè l'università della Pennsylvania, quella dell'Ivy Leage, non dalla Penn State. E farò a fette chiunque le confonda. JK, ovviamente.»

Seguirono risatine nervose tutto intorno. Noi della costa ovest non avevamo le idee chiare su quale fosse la differenza tra le due università, a parte il fatto che una faceva parte dell'Ivy Leage e l'altra aveva una famosa squadra di football. Né la cosa ci interessava, Harvard o Standford, quelle le conoscevamo tutti. Le Penn? Non molto.

Risi insieme al resto del gruppo e, quando lo sguardo di Jon cadde su di me, sul suo volto apparve un sorriso presuntuoso. Gli sorrisi anch'io e qualcosa cambiò nei suoi occhi, che divennero più intensi. Come se avesse acceso gli abbaglianti. Mi tirai indietro.

Uh-oh. Avevo già visto quello sguardo, quando mi prendevo la briga di guardare abbastanza a lungo da notarlo.

Distolsi immediatamente gli occhi e mi assicurai di ignorare Jon per il resto della sessione di studio. Prima di uscire, passammo in giro un foglio, condividendo numeri di telefono e indirizzi e-mail, poi fissammo un altro appuntamento. Entro qualche giorno Miss Smiley McFossette, come la chiamavo nella mia mente, ci avrebbe mandato un programma basato sulle specifiche del test e saremmo tornati al gruppo, pronti a comporre le coppie e interrogarci l'un l'altro.

Posso farcela. Ce la farò. Ripetei come un mantra quella frase mentre uscivo di corsa dalla stanza appena finito. Come misura protettiva, mi premetti il cellulare contro l'orecchio, fingendo di parlare, per evitare che qualcuno pensasse di potersi avvicinare.

Avevo imparato un mucchio di trucchetti del genere e funzionavano veramente bene. Alcuni potrebbero dire fin troppo bene.

«Quando comincerai a uscire con qualcuno?» mi aveva chiesto Heath di recente.

«Il 12 del MAI nell'anno di nostro signore, parlando ipoteticamente.»

Heath sospirò e poi sbuffò. «Testarda.»

«Determinata.» Alzai un sopracciglio, ripiegando le braccia sul petto. «La mia vita non dipenderà dagli impulsi di un uomo.»

Heath sogghignò. «Credici, gli impulsi di un uomo possono essere molto piacevoli... quando trovi l'uomo giusto.»

«E *tu* l'hai trovato, Heath?» Quando il sorriso sparì di colpo dalla sua faccia, capii di aver detto la cosa sbagliata. *Oh, merda.* Ultimamente dicevo sempre la cosa sbagliata. «Cioè, purché ti renda felice, giusto?»

Dopo una pausa imbarazzata, cambiammo argomento e mi presi un appunto mentale di trattare quell'argomento con più finezza in futuro. Anche se risposte pungenti come quelle mi aiutarono perché insegnarono a Heath a evitare l'argomento da lì in poi. E imparò in fretta, fortunatamente.

La mamma, beh lei era tutta un'altra storia. Ma normalmente non insisteva. Mi guardava solo con gli occhi tristi e sapevo che stava pensando a quello che mi era successo alle superiori. Comunque, ogni volta che tirava fuori l'argomento, riuscivo a evitare di parlarne. Ecco tutto.

***

Dato che era il mio ultimo anno di college, la pressione si stava accumulando. Le mie giornate consistevano in lezioni, compiti per le suddette lezioni, lavoro extra con il gruppo di studio per il test, ricerche in laboratorio per, e qualche volta con, il mio tutor. Ore in ospedale, anche se le avevano nuovamente ridotte ora che l'estate era finita. E, quando riuscivo a trovare il tempo, il blog e il videogioco. Dormire e mangiare s'infilavano lì in mezzo. E il ciclo si ripeteva.

Purtroppo, il nostro gruppo di gioco si riuniva solo una sera la settimana, ma io riuscivo a infilare qualche ora qua e là, tutte le volte che potevo. E quando lo facevo, m'imbattevo frequentemente in FallenOne. A volta mi chiedevo se fosse un caso o lo facesse di proposito.

Ma perché fare domande quando la cosa mi andava bene?

Ovviamente, il sospetto di Kat mi frullava per la testa. Era vero che piacevo a FallenOne?

Dovevo ammetterlo... in un certo senso a me piaceva.

*FallenOne a te: *Stavo pensando a quella cosa della missione segreta di cui stavi parlando qualche settimana fa. È una bella idea.*

*Tu a FallenOne: *Magari stanno già lavorando a qualcosa di simile. Non ne sarei sorpresa.*

*Lui: *Nemmeno io.*

*Io: *Già, questi tizi geek sono piuttosto svegli, quando non sono completamente ossessionati dai corpi delle donne.*

*Lui: *Quindi pensi che noi tipi geek siamo ossessionati dalle donne?*

*Io: *Mi sbaglio?*

*Lui: *Che differenza c'è con qualsiasi altro uomo?*

*Io: *Mmm, giusto. Probabilmente non c'è differenza. A meno che tu sia Heath.*

✳✳✳

Ci vollero sono due sessioni di studio perché Jon mi chiedesse di uscire con lui. Era per un semplice caffè alla fine della sessione e "solo per infilarci un po' di studio extra". Inoltre, era successo dopo essere stati accoppiati, per caso, o almeno lo speravo, durante la seconda sessione per interrogarci l'un l'altro, e lui si era deliberatamente seduto accanto a me alla terza.

Detestavo dover rifiutare qualcuno. Specialmente uno carino come Jon. E, in fondo, mi chiedevo: sarebbe stato così *spiacevole* andare a prendere un caffè con lui?

Ma il caffè avrebbe portato ai drink, e i drink potevano portare ad andare in un club o a ballare o a fare qualunque cosa fosse che faceva la gente della mia età. E avrebbe potuto portare a "perché non vieni a casa mia dopo?". E poi... e poi. Quella era la parte che mi bloccava sempre.

«Mi dispiace. Sono super occupata. Devo incontrarmi con un amico tra un'ora.»

«Okay...» Tirò in lungo la parola, aspettandosi, forse, che completassi la risposta. Quando non dissi niente, cambiò tattica. «Oh, immagino che avrei dovuto chiederti se avessi un ragazzo.»

«No...» La sua espressione si rallegrò immediatamente. Forse avrei dovuto mentire? «*Ma* sono veramente seria riguardo ai miei studi. Ho una borsa di studio, che richiede voti perfetti. E non faccio praticamente nient'altro, incluso uscire.»

Jon mi guardò stupito. «Ah, sei religiosa?» Era una domanda corretta. La Chapman era collegata alla chiesa, dopo tutto, e c'era parecchia gente che la frequentava proprio in base a quell'affiliazione. Ma non io. Io la frequentavo grazie alla bella e ricca borsa di studio che mi avevano offerto alla fine delle superiori.

Avrei potuto mentire, ma preferii non farlo. «No, non particolarmente. È solo una scelta personale.»

Jon sbatté gli occhi, confuso, e io raccolsi le mie cose, pronta a liberarmi di lui. Jon mi seguì mentre mi affrettavo a uscire dalla biblioteca come se avessi qualche posto dove andare, cose da fare, gente da vedere. *Avevo* un mucchio di cose da fare quel giorno, okay, forse non un mucchio, ma c'era un progetto da finire e il bucato da inserire in mezzo agli impegni.

Immagino che "scelta personale" non fosse una scusa accettabile, perché Jon fece un commento bonario sullo "sfiancarmi". Io, altrettanto bonariamente, scherzai sul fatto che c'erano diversi membri del gruppo, Smiley McFossette, per esempio, che sembravano interessate a lui.

Jon non si lasciò dissuadere, se l'espressione decisa nei suoi occhi significava qualcosa.

Ciononostante, riuscii a scoraggiarlo e continuare con la mia giornata. Sfortunatamente, la mia serata si sarebbe rivelata simile, in un certo senso.

Mentre giocavo con i miei amici, facevo delle pause per andare a passare il bucato dalla lavatrice all'asciugatrice. Prova che non stavo mentendo!

Quella sera era il turno di FallenOne, quindi lavorammo su questa epica missione per ottenere un'arma, il Bastone del Potere Supremo. Per uno dei componenti, avevamo bisogno della penna speciale di una creatura molto rara, Il Fenicottero Superfluo che nasceva nella Laguna Perduta. Ma dovevamo farci strada attraverso orde di ippopotami ostili, alligatori famelici e struzzi aggressivi, a migliaia, continuando a uccidere dei segnaposto per farlo generare. Ci volevano *ore*. Lunghe ore noiose. A tal punto che avevamo cominciato a tirar fuori le bevande energetiche e a diventare un po' rintronati, tanto da scherzare e ridere per ogni minima cosa.

Fallen si era offerto di rinunciare già da un po', ma non gliel'avevamo permesso. Eravamo il gruppo di figli di puttana più testardo e cocciuto sul server, ma non avevamo intenzione di cedere. Avremmo preso quella rara penna da quel fottuto fenicottero, fosse stata l'ultima cosa che facevamo.

Era una calda notte di fine settembre, il mese peggiore per il caldo nel sud della California. Il mio monolocale, per quanto fosse stata un'ottima scoperta, non aveva l'aria condizionata e quindi dovevo accontentarmi dei ventilatori per avere un po' di sollievo. In pratica, mi soffiavano addosso aria calda.

Ovviamente, le finestre aperte significavano che avevo una linea diretta sugli strilli e ululati dei miei vicini, che si godevano sesso rumoroso e vociante con ogni temperatura. Tiepido, freddo, caldo, secco. Pioggia o sole. Quei due fottevano come cani in perpetuo calore.

«Maledizione. I vicini ci stanno dando dentro di nuovo» dissi dopo il quarto "Oh Dio" di fila.

Kat sospirò rumorosamente. «Piacerebbe a me fare sesso in questo momento. Sono gelosa.»

«Chi non lo è?» rispose Heath.

«Non significa che vorrei sentire i miei vicini che ci danno dentro continuamente. *Maledizione.* Qualcuno dovrebbe farli interessare al gioco online o a qualcos'altro.»

«Già, perché aspettare che si generi un uccello raro è *tanto* più divertente di un orgasmo» rispose Heath.

«Forse dovremmo fare qualcosa per passare il tempo mentre aspettiamo. Ovviamente non sarà piacevole come quello che stanno facendo i vicini di Mia... ma che ne dite di un gioco? Verità o Penitenza? Ci state?» chiese Persephone.

«Che diavolo vuoi che facciamo come penitenza? Corriamo attraverso la palude senza armatura? Posso avere un "diavolo no!"?» rispose Heath.

«Oh, dai, comincerò io» ribatté Kat. «Qual è il posto più folle in cui avete fatto sesso? Verità, dovete rispondere; penitenza dovete combattere contro il prossimo mostro da soli, senz'armi mentre noi restiamo a guardavi e ridiamo.»

«Questa è facile» rispose Heath. «Sotto le gradinate, alle superiori durante una partita di basket.»

«Cosa!» dissi senza fiato. «Heath, non è possibile!»

Lui rise. «È la verità, in effetti.»

«Con chi?» lo schernii.

«Ah, ah, ah. Non si bara» ammonì Kat. «Non è il tuo turno di chiedere. Fallen, che cosa scegli? Rispondi alla domanda o butti i tuoi nunchaku e affronti il mostro solo con i pugni?»

Come sempre, Fallen rispose solo con un messaggio. Ma dato che scriveva così rapidamente, era facile per lui stare al passo. *Oh, diavolo, perché no? Verità. Anch'io alle superiori. Lavoravo nell'ufficio di mio zio e mi ha abbordato questa ragazza che lavorava lì anche lei. L'abbiamo fatto sul tavolo riunioni, dopo la chiusura, quando non c'era nessuno in giro.*

«Oh, accidenti!» tuonò Heath, ridendo. «Meglio di me!»

Diavolo, no. Per me non c'era una folla in giro! rispose Fallen.

«No, ma immagino che la riunione successiva sia stata... interessante. Specialmente con tuo zio seduto lì.»

*No, in ufficio io spostavo solo le scatole e mi occupavo della posta. Non dovevo mai partecipare alle riunioni. *Lei sì, però, quindi presumo che fosse imbarazzante per lei LOL.*

«Uhm. Beh, sono sicura che ci fossero un mucchio di *controlli accurati* durante quelle speciali riunioni» disse Kat.

Solo quella volta lì. Poi siamo diventati più convenzionali.

Una volta finito di scherzare, Katya parlò di nuovo. «Okay, Mia, sputa il rospo... o preferisci combattere da sola senza magia?»

«Senza magia?! Aspettate!» Andai nel panico, dovendo di colpo cambiare il mio piano, che era stato di scegliere penitenza e bruciare il mostro con il mio più grande e micidiale incantesimo nucleare. L'avevo tenuto da parte perché il tempo di refresh per quell'incantesimo significava poterlo usare solo ogni venti minuti. «Hai detto niente armi. Non userò la mia bacchetta.»

«La magia *è* la tua arma. Quindi, visti i mostri che si stanno generando, direi che il tuo corpo molliccio durerà, uno, forse due colpi prima di essere abbattuto.»

«Sputa il rospo, Mia» disse Heath.

*Fragged a te: *Non è che tu abbia molto da dire, giusto?*
*Tu a Fragged: *Grazie per il sostegno, amico. Lo ricorderò.*

Ricordai anche che non avevo niente di cui vergognarmi. «Bene, allora. Non ho nessun posto strano.»

«Allora significa che l'hai fatto solo a letto?» chiese Kat, incredula.

«Significa che non l'ho mai fatto» risposi, incrociando le braccia sul petto, anche se sapevo che non potevano vedermi.

FallenOne commentò: *Aspetta, cosa?*.

«Non è possibile» disse Kat. «Non ti credo.»

«Può confermarlo Heath. Non frequento mai nessuno. Niente sesso.»

«Sei religiosa?» chiese Kat. Wow... era la seconda volta che mi facevano la stessa domanda in un giorno.

«No, semplicemente non ho mai avuto il desiderio di farlo.» Non era del tutto vero. Avevo semplicemente avuto una cattiva esperienza... di cui *non* avevo voglia di parlare. Quindi lasciai le cose come stavano.

«Posso confermarlo» intervenne Heath. «È vergine... per quanto ne so. Voglio dire, siamo amici da quando avevamo tredici anni. D'altra parte, lei non aveva idea della mia scappatella alla partita di basket, e penso fosse addirittura presente. Quindi prendete la mia conferma per quello che vale. Anche se posso confermare che non esce con nessuno.»

Eppure, ti prendi gioco di tutti i progettisti nerd di videogiochi dicendo che non gliela danno mai? chiese Fallen.

«C'è differenza tra volerlo e non poterlo fare e non volerlo fin dall'inizio. Comunque, da parte mia era più che altro una battuta. Sono solo scorbutica per tutta quella pelle femminile che pensano sia necessario mostrare.»

Kat chiese: «Sei una santarellina, Mia? Oppure ti stai risparmiando per il matrimonio?».

Mi appoggiai allo schienale, sospirando. Di nuovo quelle etichette. Doveva sempre esserci un'etichetta per lo status sessuale di una donna? *Santarellina. Civetta. Sgualdrina.* Riflettevano l'intero spettro che descriveva i livelli di accesso al corpo di una donna da parte di un dato uomo.

«"Santarellina" è una parola scortese da usare. E non ho intenzione di sposarmi, quindi questo elimina il discorso di risparmiarmi per qualcosa che non succederà mai. Ma perché cercare di etichettarmi in base al mio status sessuale? Perché ci devono sempre essere etichette invece di rispettare le scelte personali?»

Ci fu una pausa e capivo che stavano tutti pensando a ciò che avevo detto. Finalmente Kat si schiarì la voce. «Sì, hai ragione. "Santarellina" è un termine altrettanto brutto di "sgualdrina". Non lo intendevo in senso cattivo e mi dispiace. Forse puoi rivendicarlo e farlo tuo. Come... io so di essere una sgualdrina e non me ne vergogno.»

«Forse, ma santarellina ha una tale connotazione negativa. Come se... se non fai sesso vuol dire che non ti piace. Come faccio a sapere se mi piace o no? Non l'ho mai fatto!»

Giusta osservazione, convenne FallenOne.

«Quindi magari sceglierò una nuova etichetta per me. Sono "allegramente casta".»

«C'è del buono nello scegliere di non farsi coinvolgere in tutti i casini che può portare il sesso» disse Kat, con la voce più seria. «Io ero *decisamente* troppo giovane quando ho cominciato.»

«Anch'io.» Anche Heath fu d'accordo.

Scossi la testa. «Seriamente parlando, *quando* succedeva? Non ne avevo idea.»

La risata amara di Heath risuonò nella cuffia. «Quando sei un adolescente gay, diventi un vero esperto nel mantenere i segreti, almeno finché non fai coming out. Poi sei pronto a strombazzarlo ai quattro venti.»

«E marciare nudo in una parata del gay pride?» chiese Kat.

Heath si mise a ridere. «Oppure stare sul marciapiede a guardare e goderteli!»

«Bene, adesso conoscete tutti il mio sordido segreto» dissi.

Niente di sordido e niente di cui vergognarsi. In effetti, è piuttosto impressionante. Buon per te, Mia, si intromise FallenOne.

Sorrisi e sospirai di sollievo. Non rimpiangevo più la mia franchezza. Nessuno che avesse detto "non sai che cosa ti perdi", come mi ero aspettata... bene.

Quindi ero ancora vergine... e allora? Forse sarei rimasta vergine fino alla morte, o magari avrei provato una volta per vedere perché gli davano tanto importanza. Ma qualunque cosa avessi deciso, sarebbe stata una *mia* decisione.

Capitolo Nove
Punto a comportarmi male

Nonostante il tempo libero stesse scomparendo, mi sforzavo di andare a trovare la mamma almeno una volta ogni due settimane, anche se solo per una parte del giorno. A volte il mio orario di lavoro non cooperava, però. Più di una volta mi facevo dare il turno di notte il giovedì, andavo direttamente a lezione il venerdì e poi facevo un pisolino di qualche ora prima di mettermi per strada.

Dato che la mamma viveva in un'area remota, non servita da treni o autobus, l'auto era l'unica alternativa. Riuscivo comunque a studiare un po', anche mentre guidavo. Una persona nel mio gruppo di studio mi aveva parlato di un podcast gratuito dedicato alle strategie per passare il test e lo ascoltavo mentre guidavo per ottenere altri suggerimenti su come passare quel maledetto test.

***

Uno splendido sabato mattina andammo al mercato contadino di Idyllwild per comprare frutta e verdura. La mamma voleva mostrarmi come fare la baklava secondo la vecchia ricetta di famiglia e aveva deciso che voleva solo gli ingredienti migliori.

Non riuscii a chiederle se fosse un modo per trasmettere freneticamente una conoscenza ereditata. Sua madre le aveva insegnato come fare quello stesso dessert, quindi cercai di pensarci come a un rito di passaggio alla prossima donna in linea. Ma le mie mani tremavano mentre spezzettavo noci e pistacchi seguendo le sue istruzioni. Sarebbe stata l'ultima volta in cui me lo mostrava? E se non fosse migliorata?

«Devi smetterla di lanciarmi quelle occhiate. Sto cominciando a sentirmi a disagio» disse, senza guardarmi.

Tornai al tagliere con aria colpevole. «Che occhiate? Non so di che cosa tu stia parlando. Hai un aspetto magnifico.»

Lei mi rivolse un sorriso appena accennato. «È vero, anche se lo dico io. E penso che sarei riuscita a fartela, magari senza mai dirti che cosa stava succedendo. Penso che un'influenza avrebbe giustificato qualche brutta giornata, e non avresti saputo nulla.»

Aggrottai la fronte e appoggiai con cura il coltello. «Che cosa vuoi dire con "farmela"? Intendi dire non parlarmi del fatto che eri malata?»

Mia madre alzò le spalle. «Avrei potuto aspettare a vuotare il sacco finché fossi stata meglio. Non mi piace quanto ti sei preoccupata. Come ti spacchi la schiena per venire a casa il più spesso possibile. Anche se, devo proprio dirlo, mi piace vederti di più.»

Le feci una boccaccia. «Come se avessi potuto nascondermelo.»

La mamma si morse il labbro e le scese un velo sugli occhi, qualcosa come... il senso di colpa? C'era qualcosa che non mi stava dicendo? Lievi sospetti che avevo avuto per tutto il fine settimana adesso stavano suonando l'allarme. «*Stai* bene, vero? Il medico dice che stai migliorando?»

Il labbro inferiore le sfuggì dai denti e lei si spostò per avvicinarsi, mettendomi la mano sulla guancia. «Sì, lo giuro, sai tutto quello che so io.» Emisi un sospiro mentre indicava il tagliere. «Devono essere tritati molto più finemente se vuoi che la baklava venga almeno decente.»

Brontolando, ripresi il coltello e tornai a spezzettare, cercando di non dare altre occhiate preoccupate a mia madre.

Continuò così finché fu ora di partire sabato pomeriggio. Mentre uscivo, diedi un'occhiata superficiale alla scrivania di mia madre mentre le davo un bacio sulla guancia dalla pelle sottile. La mamma aveva cominciato a portare dei foulard sotto il cappello da cow-boy di paglia, per nascondere la testa calva, nonché grandi occhiali da sole. Un look a metà tra una sbiadita star di Hollywood e una stanca cow-girl.

Durante il viaggio verso casa, però, quell'assillante sospetto mi colpì come un fulmine. Sulla scrivania della mamma avevo visto diverse fatture impilate, ancora chiuse. *Sapevo* che si trattava di fatture perché le buste avevano la finestrella; inoltre, lei aveva l'abitudine di stracciare immediatamente la pubblicità quando la riceveva. Se le aveva tenute, significava che quelle buste erano importanti.

Mi presi l'appunto mentale di affrontare l'argomento durante la nostra successiva telefonata. *Aveva* dovuto chiudere temporaneamente il B&B per affrontare la crisi sanitaria. Ne ero stata lieta, dato che alleviava il suo carico di lavoro mentre guariva. Ma senza introiti... come faceva a pagare le fatture regolari e, oltre a quelle, le spese mediche?

Quelle preoccupazioni, combinate con le altre... mi preoccupavo per lei, tutta sola lassù. Ero il suo unico supporto a questo punto. E dovevo tenerla d'occhio.

Mentre continuavo a guidare, la mia mente andò alla settimana seguente e fui travolta da un senso di spossatezza al pensiero di ricominciare quel ciclo vizioso. Altri giorni di lezioni, compiti, accurate ricerche mediche, il lavoro all'ospedale, lo studio per il test da rifare... Mi sembrava di essere su una ruota per criceti che girava all'infinito e che lentamente, ma sicuramente, mi stava mettendo in ginocchio.

Aspettavo con ansia, con tutta me stessa, la nostra serata di gioco settimanale. Grazie a Dio per i miei amici online.

Ma perfino immergermi nel mio videogioco preferito, con alcune delle mie persone preferite, non era abbastanza per strapparmi completamente dalle mie preoccupazioni.

Nella fattispecie, stavamo lottando in un'enorme caverna gelata piena di giganti di ghiaccio, che ci calpestavano e lasciavano cadere dei massi mentre noi ci accanivamo contro le loro caviglie e li facevamo lentamente crollare. Normalmente mi piaceva lottare contro i giganti perché potevo usare la mia magia per convincerli a combattere per me. Se l'incantesimo funzionava, un gigante sotto il mio controllo si sarebbe rivoltato contro i suoi amici e avrebbe agito come un assassino gigante al mio servizio. Per me, combattere giganti era una goduria.

Non questa volta. Di solito riuscivo a tenerne tre occupati, mettendone uno in trance e facendone combattere un altro contro il terzo mentre i membri del mio gruppo attaccavano il quarto senza impedimenti.

Solo che incasinai l'ordine in cui avrei dovuto fare le cose e il gigante che stavo cercando di incantare cominciò invece a ridurmi in poltiglia. Quando non fui più in grado di tenerli occupati, gli altri tre si rivoltarono contro i membri del mio gruppo, facendone guacamole.

Così era la vita. Fummo cancellati.

E poi riapparimmo come fantasmi nel nostro punto di ritrovo.

In cuffia, riuscivo a sentire Heath che cliccava furiosamente sulla sua tastiera, come se stesse mandando dei messaggi agli altri che non voleva che vedessi. «Gente, questa è la terza volta che ci fanno fuori nelle Mammoth Ice Cavern. Stasera sento che non ce la faremo. Vogliamo fare qualcosa di più facile? Potremmo tornarci la settimana prossima.»

«A me sta bene» disse Katya, senza discutere. Nessuno fece notare i miei errori. Nessun rimprovero. Adoravo i miei amici.

*FallenOne a te: *Sei stata silenziosa, ultimamente.*

Nonostante la mia distrazione, sentivo sempre un piccolo brivido quando FallenOne mi mandava un messaggio privato. Mi chinai in avanti per rispondere.

*Tu a FallenOne: *Mi dispiace. Preoccupata.*
*Lui: *Come sta tua madre?*
*Io: *Sta migliorando, credo. Non lo saprò di sicuro finché non farà la scansione tra qualche mese.*
*Lui: *Sono sicuro che andrà tutto bene.*
*Io: *Il professore con cui sto facendo la ricerca cerca di rassicurarmi. È un oncologo, quindi immagino sappia di che cazzo sta parlando. Ma una cosa è sapere intellettualmente qualcosa, ma è completamente diverso sentirlo con il cuore. Capisci che cosa intendo dire?*
*Lui: *Certo. Sì. Decisamente.*

*Io: *Ho deciso che voglio essere un'oncologa. C'è bisogno di prendere a calci in culo il cancro, seriamente.*

*Lui: *Meraviglioso... non solo perché hai deciso di sceglierlo in onore di tua madre, ma perché vuoi farlo a una così giovane età. Quanti anni hai, 20? 21?*

*Io: *Mi stai veramente facendo una domanda personale senza mai dirmi niente di te? Ti chiedo età, sesso, posto dove vivi e tu mi rispondi semplicemente che sei un uomo. E non so nemmeno se sia vero!*

Solo che lo sapevo. Avevo sentito la sua voce al telefono, almeno per qualche minuto pieno di crepitii. Pochi minuti che avevano destato la mia curiosità. Ma non si era mai offerto di chiamarmi di nuovo e il mio orgoglio era troppo malconcio per chiedergli un'altra telefonata. Volevo che si offrisse lui. Anche se avevo la sensazione, data la sua completa riluttanza a divulgare particolari su se stesso, che FallenOne stesse studiatamente evitando l'argomento di un'altra chiamata.

Aspettai, sospirando, ignorando la battaglia sullo schermo mentre fissavo il cursore lampeggiante della finestra di dialogo, chiedendomi come avrebbe risposto. Avrebbe finalmente rivelato qualcosa o sarebbe stato evasivo, come al solito? Dovevo ammettere di essere estremamente curiosa nei suoi confronti e lo diventavo sempre di più man mano che passavano i giorni, col risultato che lui diventava sempre più tirchio con le informazioni. E, ovviamente, cominciavo a chiedermi se non stesse giocando un gioco nel gioco.

*Lui: *Io pratico la sicurezza cibernetica *Stretta sicurezza cibernetica.*

*Io: *Quindi hai paura che ti trovi, cominci a stalkerarti e arrostisca il tuo coniglietto?*

*Lui: *Fortunatamente non ho mai avuto un coniglietto. E l'anonimità è un dono. È difficile rinunciarvi, qualche volta talmente difficile che è quasi impossibile, anche quando lo vorresti. Immagino che sia un po' come rintanarti in un piccolo, comodo buco e non volere che il gioco finisca.*

*Io: *Adesso sembra che TU sia un coniglietto!*

*Lui: *Mi dispiace, non intendevo fare il difficile. Penso solo che sia meglio così.*

Increspai le labbra quando lessi quella riga. Significava che era sposato o aveva una ragazza. Sicuramente una ragazza, come minimo. Forse aveva parlato in modo riduttivo, proprio da maschio, quando aveva parlato del suo appuntamento con "solo un'amica". Chissà? *E perché m'importava?*

Era solo un amico, giusto? Come Heath. E Kat. E come speravo diventassero un giorno Alex e Jenna. Qualcuno da cui poter dipendere e che potevano appoggiarsi a me a loro volta.

Ma come potevo diventare amica intima di qualcuno di cui non sapevo assolutamente nulla? Era possibile? E volevo veramente un amico così?

Ci eliminarono un'altra volta e Heath, frustrato, disse che era ora di smetterla. Mi caddero le spalle, sapevo di aver deluso tutti. Katya si scusò poco dopo e poi restammo solo Fallen e io e continuammo a lavorare su missioni che si potevano ripetere per acquistare esperienza e altri benefici. Dandoci anche la possibilità di continuare la chiacchierata.

*Io: *Se l'anonimità è un dono, allora forse dovrei far pratica anch'io.*

*Lui: *Giusto, lo rispetto.*

*Io: *Non è che tu possa fare altro...*

Picchiettai le dita sul mouse, aspettando la reazione. Che non arrivò mai. Invece cambiò argomento!

*Lui: *Allora, posso chiederti... perché vuoi diventare un medico?*

*Io: *Wow, bel modo, nemmeno tanto sottile, di schivare.*

*Lui: *Scusa. Immaginavo avessimo già detto tutto quello che dovevamo dire sull'argomento. Non credi?*

*Io: *Immagino di sì... ho sempre voluto diventare un medico per aiutare la gente.*

*Lui: *Bello. Lo ammiro.*

*Io: *E tu? Sai che cosa vuoi diventare?*

O forse stava già facendo quello che voleva. La domanda presumeva che fosse abbastanza giovane da dover ancora decidere il suo futuro. Magari essere un postino di mezz'età che viveva nel seminterrato di sua madre era il sogno della sua vita!

*Lui: *Più o meno. La penso come te. Voglio anch'io aiutare la gente, ma in modo diverso. Intrattenendola, o dandole un modo per sfuggire alla realtà.*

Dio. Speravo significasse che era un attore disoccupato e non un gigolò, come sembrava dalle sue parole. Ma, ehi, i gigolò facevano un sacco di soldi quindi... affari suoi. Non riuscivo a smettere di ridacchiare al pensiero: *FallenOne, College Gigolo.*

*Lui: *Sta diventando tardi, probabilmente dovrei andare. E anche tu. Dopo tutto, devi conquistare il mondo, giusto?*

*Io: *Giusto... Mia, quella che cambierà il mondo!*

*Lui: *Dimmi che hai intenzione di iscriverti al test di ammissione il mese prossimo.*

*Io: *Ci penserò.*

Sembrava che si ripetesse la stessa piccola routine alla fine di ogni sessione di gioco: Fallen che insisteva perché mi iscrivessi per rifare il test, io che mi tiravo indietro per paura.

Era tenero. E... dolce. E frustrante, perché lui continuava a fare il misterioso. Katya mi aveva detto che pensava che prima o poi si sarebbe aperto. Che era solo timido. Ma mi sembrava che la *mia* ipotesi fosse più accurata...

Stava nascondendo un grosso segreto. Non sapevo che cosa fosse, ma continuare a pensare al mistero mi stava stancando, a essere sincera.

Avevo bisogno di amici. Amici che non si tirassero indietro. Amici su cui poter contare nel mondo reale, per avere un sostegno. Mi ripromisi di passare più tempo con Alex e Jenna, quando fossi riuscita a trovare il tempo, e dire "sì" a qualunque cosa avessero proposto di fare.

Pregavo solo non si trattasse di qualche folle ragazzata del college, o una festa in una confraternita o roba simile...

***

Qualche settimana dopo, ebbi l'occasione di una rara serata libera. E, fortunatamente, non si trattava di una festa in una confraternita. Invece di giocare online, passai la serata con Jenna e Alex nel loro appartamento fuori dal campus a Fullerton.

Era tardi. *Tardi* tardi. Avrei già dovuto essere per strada per andare a casa, ma ero seduta ingobbita nel loro soggiorno buio, di fronte alla loro vecchia TV, un vecchio, enorme CRT che Alex aveva ereditato quando sua madre era passata a una a schermo piatto. La ciotola di popcorn si era trasformata da parecchio in un contenitore unto di burro fuso e rappreso, sale e un miliardo di chicchi non scoppiati.

Guardavo l'episodio *Il sopravvissuto* di Firefly con Alex e Jenna, attraverso i buchi del mio maglione, tentando di dissimulare il fatto che stavo cercando di nascondermi. L'equipaggio della Serenity aveva scoperto un'astronave abbandonata che fluttuava nello spazio senza sopravvissuti apparenti a bordo. E, non sapendo nulla di ciò che era accaduto sull'astronave, la stavano ispezionando per recuperare quello che potevano e magari scoprire ciò che era successo.

Avevo già visto l'episodio, parecchie volte. E, da fan sfegatata di Firefly, avevo circa una dozzina di episodi dall'amatissima serie TV (purtroppo di breve durata) tra cui scegliere. Potevo aver visto questo particolare episodio una dozzina di volta, ma mi prendeva sempre, *ogni volta*.

«Oh, merda. Odio qualunque cosa abbia a che vedere con i Reaver» mormorò Alex. «Mi fanno morire di paura tutte le volte.» Si mise un grosso cuscino davanti alla faccia e ogni tanto lo spostava per sbirciare lo schermo.

L'unica di noi che sembrava completamente immune alla tensione sullo schermo era Jenna, seduta con le gambe incrociate, i gomiti sulle ginocchia, il mento tra le mani, a fissare lo schermo. «Ti cattureranno, Alex! Stanotte i pirati spaziali cannibali verranno di nascosto nella tua stanza!»

«Chiudi il becco, Jenna.»

Jenna si limitò a ridacchiare in tutta risposta e poi ripeté la famosa frase di Zoe sui malvagi Reavers: «Ti violenteranno a morte, mangeranno la tua carne e cuciranno la tua pelle nei loro vestiti e, se sarai molto, *molto* fortunata, lo faranno in quest'ordine».

Rabbrividii proprio mentre, sullo schermo, Jayne veniva colpito da dietro. Voltandosi, cominciò a sparare all'impazzata. Alex e io sobbalzammo quando fu colpito, mentre Jenna continuava a sorridere come se stesse guardando un leprecauno cavalcare un unicorno su un arcobaleno. Sinceramente, quella ragazza doveva aver visto l'episodio ottomila volte, una decisa possibilità, o aveva nervi di titanio. Probabilmente erano giuste entrambe le cose.

Di colpo, fummo sorprese da quattro figure che si precipitarono nell'appartamento, al buio, gridando con voci gutturali. Saltammo tutte fuori dalle sedie e corremmo nella cucina adiacente mentre i tizi ci rincorrevano con maschere horror di Halloween. Avevo il cuore che batteva come un tamburo, l'adrenalina a mille. Agitando le braccia a caso, Alex emetteva strilli acutissimi. Più lei urlava, più dagli invasori mascherati arrivavano risate profonde e rauche. Perfino Jenna aveva emesso un urlo quando erano entrati. Ma adesso era in cucina con le braccia incrociate sul petto.

«Okay, cretini» disse dopo un po'. «Molto divertente.»

«Siamo riusciti a farti urlare, Jen. Una delle centinaia di urla che ti dobbiamo...»

«Fanculo, Orin» sogghignò lei, allungando una gamba in direzione del suo inguine. Se fosse stato un po' più vicino, probabilmente sarebbe toccato a lui emettere uno strillo acuto. Pur essendo a un metro di distanza, fece un passo indietro, togliendosi la maschera.

«Stronzi! Dio, come mi vendicherò!» gridò Alex.

«Ehi, questo era per ripagarvi della bomba di glitter! Adesso siamo pari» rispose uno di loro. Alex mi aveva parlato di quello scherzo. Le ragazze avevano caricato una scatola e l'avevano etichettata "dolci", quando in realtà era un pacco con la propulsione a palloncino, pronto per un'esplosione di glitter. «Troviamo ancora glitter dappertutto. È stata veramente una cattiveria.»

«Piagnucoloni» rispose Jenna. «Forse dovreste pulire la vostra tana sozza ogni tanto e il glitter sparirebbe.»

«Perché non pulite *voi*? Non è quello che dovrebbero comunque fare le donne?»

Saggiamente, pronunciarono quella battuta mentre correvano fuori dalla porta. Jenna li rincorse fino alla tromba delle scale, sogghignando per tutta la strada e loro aumentarono palesemente la velocità. Furbi. Avrebbe potuto prenderli a calci, letteralmente, se li avesse raggiunti.

Jenna tornò, respirando forte, mentre Alex e io stavamo raccogliendo i chicchi di popcorn caduti dalla ciotola che Alex aveva lanciato agli intrusi quando erano piombati dentro l'appartamento.

«Okay, cominceremo a formulare un piano per la vendetta *stasera*» borbottò Jenna a denti stretti.

«Non avete paura che il conflitto possa semplicemente inasprirsi?» Raccolsi briciole di popcorn dall'antiquata moquette a pelo lungo e le guardai.

«Una ragazza non può tirarsi indietro» borbottò Alex lasciando in fretta la stanza e tornando con l'aspirapolvere. «Altrimenti continueranno a terrorizzarci. E, a proposito, chiudi a chiave la porta, nel caso decidessero di tornare. Ci serve una password o qualcosa di simile.»

«Sì, ce l'ho io: *non sono ammessi gli stronzi*» brontolò Jenna.

«Troppo ovvia» obiettai, scuotendo la testa. Guardai la TV dove Mal Reynolds stava affrontando il comandante dell'Alleanza. «Dovremmo fare un club di sole donne. Niente ragazzi. Come alle elementari.»

«Heath potrebbe essere un membro onorario!» intervenne Alex. Heath aveva conosciuto le ragazze qualche settimana prima ed erano andati subito d'accordo.

«La nostra password dovrebbe instillare la paura in ogni uomo, ovunque» disse Jenna con uno scintillio negli occhi.

«Ce l'ho!» disse Alex. «La nostra password sarà: *Intendo comportarmi male*. E per quanto riguarda quei ragazzi, questa è *decisamente* la verità.»

«Anche se a Orin piacerebbe tanto uscire con te, Alex.» disse Jenna sogghignando. «Lascerebbe perdere immediatamente la faida, se tu accettassi.»

«Diavolo, no!» sibilò Alex.

Jenna si avvicinò, tendendo le mani. «Allora, ci stiamo tutte? Il nostro club non avrà nemmeno un nome. Lo chiameremo il Club che non dev'essere nominato. Potere alle donne!»

Misi la mano sopra quella di Jenna e Alex appoggiò la sua sopra la mia. «Intendiamo comportarci male!»

«Forse potremmo permettere ai ragazzi carini di diventare membri temporanei? Devono essere *estremamente* sexy, però.» Alex si mordicchiò il labbro, riflettendo.

«Jack Eversea potrebbe essere la nostra mascotte!» disse Jenna ridacchiando. «È così incantevole.» Tra le celebrità Jack era la cotta del giorno di Jenna.

«Okay, eccezione per i ragazzi sexy. Specialmente quelli con i capelli scuri» aggiunse Alex.

«Io preferisco i biondi e i rossi» intervenni, stranamente chiedendomi di che colore fossero i capelli di FallenOne, salvo dirmi da sola immediatamente che non era più il caso di pensare a lui in quel modo.

Entrambe le ragazze mi guardarono con un'espressione perplessa. Dovevo sempre essere la voce del dissenso, vero? Capito...

Poco dopo demmo inizio ai nostri piani nefasti per intensificare il ciclo di scherzi nei confronti dei ragazzi che abitavano nell'edificio.

Ehi, io vivevo a sette miglia di distanza, ero al sicuro dalle loro vendette. Quindi partecipai felicemente, e stare con le ragazze era divertente. Era *reale*.

A quel punto della mia vita, la *realtà* era tutto ciò di cui avevo bisogno.

CAPITOLO DIECI
DONNA BIANCA SINGLE CERCA UOMO SUPER SEXY

«Sì, PROPRIO COSÌ, OHHH, BABY!»

I vicini dall'altra parte ci stavano dando dentro. *Di nuovo.*

A causa del caldo, avevo le finestre aperte e questo significava che ero nel posto giusto, nonostante la distanza, per cogliere il fatto che lui era nella posizione perfetta per "trombarla come un martello pneumatico".

Facevano sesso in continuazione. Tutto. Il. Maledetto. Tempo. Si sarebbe potuto pensare che fosse la cosa migliore da fare. Sempre. O forse che ci fosse il pericolo che andasse fuori moda il giorno successivo.

Merda. Avevano bisogno di un hobby, uno qualsiasi.

«Sì. Dio, sì! Sì! Oh Gesù.» Per quanto ne sapevo, non andavano nemmeno in chiesa la domenica anche se le loro numerose esclamazioni sembravano professare una fede profonda nelle entità superiori.

Cavoli, studio o no, avevo bisogno di uscire da quell'appartamento e allontanarmi da quel sex-a-thon serale per qualche ora.

Mandai un messaggio a Heath per chiedergli se volesse venire a cena con me. Purché scegliessimo un posto a buon mercato e con l'aria condizionata, sarei stata felice come una pasqua.

Venne a prendermi mezz'ora dopo, proprio mentre l'odore del fumo di una sigaretta cominciava a levarsi dalla finestra dei vicini. Avrebbero ricominciato di nuovo più tardi, quella notte. Ne ero sicura.

Ci sedemmo nella panineria lungo la strada, niente aria condizionata, ma almeno potemmo parcheggiare i nostri corpi appiccicosi davanti a un gigantesco, potente ventilatore.

Io toccai le briciole delle mie patatine, unte e troppo salate.

«Stai bene?» chiese Heath.

«Mmm» borbottai distrattamente.

Heath diede un morso al suo enorme panino italiano con le cipolle e mi guardò con gli occhi sospettosi. Aspettò, sapendo bene che prima o poi avrei vuotato il sacco. Non dovette aspettare molto.

Lasciai cadere l'ultimo pezzetto di cibo sul piatto. «Che cos'è tutta questa grande importanza che danno al sesso?» Mi resi conto che l'avevo chiesto con la voce leggermente troppo alta quando le teste delle persone al tavolo vicino si voltarono verso di me. Emisi un sospiro, frustrata, con le guance in fiamme. Schiarendomi la voce, ignorai i loro sguardi finché tornarono alla loro precedente conversazione. Heath mi stava fissando con la bocca aperta. Lo guardai con una smorfia. «Stai cercando di prendere le mosche?»

Heath sbuffò. «Non riesco a credere che me l'abbia chiesto. I tuoi vicini se la stavano spassando di nuovo?»

Sbuffai anch'io. «È l'unica cosa che fanno. Hanno bisogno di una TV, o di qualcosa.»

Il sorriso di Heath divenne malizioso. «Non c'è niente in TV che sia divertente come quello che stanno facendo.»

«Ma devono farlo sapere al mondo intero? Cioè, questa donna è... sonoramente emotiva riguardo i suoi orgasmi.» Il tono della mia voce doveva essersi alzato ancora perché le teste si voltarono di nuovo. Strinsi gli occhi fissandoli a mia volta. «Oh, tornate alla vostra cena e alla vostra conversazione!» sbraitai e mi guardarono stupiti. Heath aveva la faccia rossa e riusciva a malapena a respirare tanto stava ridendo forte.

Quando il gruppo ricominciò a parlare (probabilmente di me), mi voltai verso Heath, alzando entrambe le mani, ciascuna con il medio alzato diritto ai lati della mia faccia mentre gli facevo la linguaccia. Lo fece solo ridere più forte. E dopo qualche minuto in cui lo guardai mentre cercava di riprendere fiato, dovetti ammettere che era contagioso. Cominciai a ridere anch'io, maledizione.

Quella situazione era veramente ridicola. Heath si schiarì la voce e si asciugò gli occhi. «Hai bisogno di imitare Meg Ryan e regalare ai tuoi vicini arrapati una scena come quella di *Harry ti presento Sally*, o scaricare un buon porno molto rumoroso e trasmetterlo a tutto volume la prossima volta.»

«Sono sicura che li ecciterebbe solo di più.»

Lui fece spallucce, asciugandosi nuovamente gli occhi. «È probabile.»

Soffiai fuori il fiato, frustrata. «Non lo capisco.»

«Oh, mia cara, un giorno lo capirai. Se mai ti prendessi la briga di frequentare qualcuno, cioè.»

«So perfettamente che gli orgasmi sono piacevoli.»

«Gli orgasmi derivati dal sesso con un'altra persona sono perfino migliori» ribatté.

Mi misi a raccogliere le briciole sparse sulla tovaglietta. «Non ho bisogno di frequentare stabilmente qualcuno per fare sesso con lui.» Almeno questa volta ricordai di tenere bassa la voce.

Heath sbatté le palpebre, morse il sandwich e masticò, pensieroso. «Vero, ma tu non vedi nessuno, nemmeno per fare sesso in modo casuale. E dato che sei penosamente impacciata socialmente parlando...»

«Cavoli, Heath. Tu sai proprio come far sentire una ragazza sicura di sé. Sono goffa e socialmente impacciata. Ma non sono brutta.»

Heath alzò le sopracciglia. «Decisamente *non sei* brutta. Tutt'altro. Gli uomini ti guardano continuamente quando siamo fuori insieme. *Ma,* tu non te ne accorgi nemmeno, ed è tenero e un po' patetico.»

Facendo una smorfia per coprire quel momento imbarazzante, non corressi la sua ipotesi che non me ne accorgessi. Ignorare gli sguardi e le avances era una *scelta.*

«Non quando fai quella faccia, però.»

Presi la crosta del mio panino e gliela gettai. Rimbalzò contro la sua spalla massiccia e ricadde sul tavolo. La presi e la rimisi nel mio piatto di carta.

«Sto solo dicendo che se vuoi l'opportunità di... esplorare... devi renderti disponibile.»

Intrecciai le dita e mi sedetti diritta, imitando una studentessa super attenta, e sbattei innocentemente gli occhi. «Dici che dovrei mettere un annuncio personale su Craiglist? DBS cerca USS per sesso bollente e deflorazione virginale?»

Heath aggrottò la fronte. «USS?»

«Uomo Super Sexy.»

Lui sbuffò. «Niente Craiglist. Rischi la vita con quei pazzi. Lo proibisco.»

Mi morsi il labbro. «Una di quelle app dove devi scorrere verso sinistra o destra?»

La bocca di Heath si contorse mentre pensava. «Fatti un po' di amici. Vai a qualche festa. Smettila di passare *tutto* il tempo a giocare con me, Fallen e Kat. O con quei tonti immaturi con cui flirtano sempre Jenna e Alex. *Quelli* non ti servirebbero a molto.»

Un gruppo di rumorosi studenti delle superiori passò accanto al nostro tavolo, sbattendo contro la schiena di Heath. Lui diede loro un'occhiata feroce e quelli si tirarono immediatamente indietro, con le mani alzate in segno di resa.

«Oh, vuoi che smetta di giocare con te?»

Heath si voltò a guardarmi, dandomi un'occhiata esasperata. «Non è quello che ho detto. Ho detto di smettere di giocare con noi la tua unica sera libera. Esci a goditi gli anni del college, specialmente adesso che sono quasi finiti. Ti resta solo un anno.»

Scossi violentemente la testa, stringendo forte le mani. «Non voglio fare vita sociale. Non voglio passare il tempo con un tizio che mi comanderà a bacchetta. O, peggio ancora, un tizio che vorrà che cambi per adeguarmi all'immagine di quello che vuole che io sia.»

Non guardai Heath negli occhi mentre lo dicevo. Per molti versi, stavo descrivendo il *suo* ragazzo. Se fossi riuscita a evitarlo, non avrebbe mai scoperto quanto detestavo Brian.

La loro non era *decisamente* una relazione che fossi interessata a emulare. Non volevo *nessuna* relazione romantica. Non ne vedevo il bisogno. Non avevo *mai* dovuto far affidamento su un uomo, addirittura da quando ero nata, e non volevo mai e poi mai doverlo fare.

Ma il sesso... forse il sesso poteva essere bello. Non lo avrei saputo finché non avessi provato, giusto?

Dovevo solo superare il fastidioso ostacolo della verginità. Nessun tipo da incontro occasionale avrebbe voluto fare una cosa simile. Perché avrebbero dovuto?

«Che ne dici di Jon, quello del tuo gruppo di studio? Mi è sembrato carino quando l'ho conosciuto.»

Feci spallucce. Jon era un tipo carino ma... non mi attirava. C'era qualcosa in lui che mi faceva passare la voglia. Forse perché era così esageratamente interessato.

«Tu gli piaci, decisamente. Questo non è un mistero» disse Heath con un sorrisino sghembo mentre mangiava la sua ultima patatina. «Sai, chiunque sia, non deve essere un grosso impegno a lungo termine. Siete amici. Perché non anche trombamici o roba simile?»

Mi strofinai la guancia, con lo sguardo nel vuoto mentre ci pensavo. In effetti non era una cattiva idea. Jon era abbastanza carino. Intelligente, attraente, anche se un po' appiccicoso. Non volevo che mi stesse intorno per sempre come boyfriend, ma una volta rifatto il test non avrei più fatto parte del suo gruppo di studio. Né avremmo condiviso delle classi, dato che era un anno dietro a me.

Contemplai quella possibilità. Probabilmente mi avrebbe chiesto di nuovo di uscire. Era stato insistente in passato. Ma... sarei riuscita ad arrivare fino in fondo con lui? E lui si sarebbe fatto da parte dopo, se l'avessi fatto?

«Ci dev'essere un modo più facile per farlo» dissi esasperata.

Heath si mise a ridere. «Non ti agitare, Mia. Se smettessi di essere così distaccata e indisponibile, probabilmente le cose si risolverebbero da sole. Solo, non fare niente di stupido, okay?»

Lo guardai con un'espressione sarcastica. «Mi hai mai visto fare *qualcosa* di spontaneo e potenzialmente auto-distruttivo?»

Il suo sorriso svanì. «C'è sempre una prima volta... quindi cerca di essere la solita ragazza ragionevole. Sono sicuro che prima o poi perderai la verginità. Solo non aspettarti la migliore esperienza della tua vita. E non aspettarti che il primo sia il tuo amore eterno o roba simile. E non rinunciare al sesso *perché* la prima volta finirà per essere orribile.»

Scossi la testa, facendo una smorfia. «Wow, quando la metti così, perché diavolo ho aspettato? Trattienimi prima che corra a cercare un grosso stallone per sverginarmi!»

Fortunatamente mi ero ricordata di tenere bassa la voce. Ma, per sicurezza, guardai il tavolo vicino, lieta di vedere che era vuoto.

Heath mi portò a casa e restammo insieme un po', prima che dichiarasse che faceva "maledettamente troppo caldo". Non erano passati venti minuti da quando se n'era andato che i miei vicini ricominciarono... rumorosamente.

***

La mamma stava decisamente nascondendo qualcosa. Era qualcosa che mi tormentava dal giorno in cui avevo visto quell'espressione nei suoi occhi. Quando aveva insinuato che avrebbe dovuto nascondermi che aveva il cancro per evitare che mi preoccupassi.

Ovviamente anch'io stavo nascondendo delle cose.

Di aver fallito il testo, ad esempio. *E* il fatto che avevo deciso che la prossima volta in cui sarei andata a trovarla al ranch avrei giocato a fare l'investigatrice.

Mi beccò alla sua scrivania, mentre frugavo tra le sue fatture.

«Che cosa stai facendo con le mie carte private?» Aveva appena svoltato l'angolo trovandomi con le mani in mezzo alle sue tante fatture. Arrossì immediatamente.

La fissai e continuammo a farlo per un lungo, imbarazzante momento.

La mamma sembrava star poco bene quel fine settimana e non era sembrata molto contenta della mia visita a sorpresa. Forse avrebbe voluto passare il fine settimana da sola o a letto o qualcosa. Intanto, era rimasta a letto più a lungo del solito e ne avevo approfittato quella mattina per controllare la sua posta, più che altro fatture, le solite, e un mucchio di spese mediche.

Sotto il leggero rossore, la sua faccia appariva giallastra, il colore di una persona che si era sottoposta a uno straziante trattamento medico. Inoltre, le guance erano scavate. «Stavo solo rassettando» gracchiai. Colta con le mani nel sacco, anche la mia faccia cominciò ad arrossarsi.

«Non c'era nessun bisogno di sistemarle!» sbottò. «Perché stai curiosando nei miei affari?»

Mi staccai lentamente dal tavolo e ingoia il groppo che mi si era formato in gola. «Non stavo cercando di ficcare il naso.» Una bugia bella e buona. Distolsi gli occhi da lei.

Con le labbra strette, mia madre si piegò e raccolse la posta con movimenti scattosi, poi infilò tutto in un'enorme busta gialla.

Ripiegai le mani sul petto. «Mamma, sei finanziariamente nei guai?»

Lei sospirò. «Mia, devi smetterla di impicciarti degli affari di tutti gli altri e farti una vita tua.» Fece dietro front, svoltò l'angolo e scomparve nella sua stanza.

Restai lì, con la bocca aperta. Di colpo arrivarono le lacrime, calde e brucianti. La mia stessa madre pensava che fossi una perdente e non avessi una vita.

Fu come ricevere un pugno nello stomaco.

Uscii di casa e andai nella scuderia a passare un po' di tempo a piagnucolare con i cavalli. Non avevo idea di che cosa stesse facendo la mamma in casa. Ovviamente si sentiva da cani quel fine settimana e il suo atteggiamento, in parte, veniva da quello.

Ma il resto?

Quelle fatture erano la fonte dello stress che cercava di nascondermi?

Perché la gente che si voleva bene cercava di nascondersi reciprocamente tanto?

Se la mamma era finanziariamente nei guai, era lo stress che la faceva stare peggio? Aveva un aspetto decisamente *peggiore* quel fine settimana rispetto a prima. E aveva finito la chemioterapia settimane prima...

Più tardi, feci una corsa a comprarle alcuni dei cibi su cui faceva affidamento quando non si sentiva bene. Quando tornai, la porta della sua stanza era chiusa, la luce spenta.

Potevo solo presumere che stesse dormendo.

Le lasciai un lungo biglietto scusandomi e accampando la scusa patetica che dovevo tornare a studiare.

Poi me ne andai, con più domande e una montagna di preoccupazioni in più di quando ero arrivata.

Capitolo Undici
Che cosa sta mettendo all'asta?

Tornai abbastanza presto sabato pomeriggio e questo mi permise di avere un po' di tempo tutto per me per sfogarmi un po' giocando a Dragon Epoch. Stavo ancora ribollendo per il comportamento di mia madre, specialmente per la dichiarazione che non avevo una vita.

E invece di cercare di capire come fare per uscire e farmi *effettivamente* una vita, mi leccai le ferite a casa un sabato sera, giocando a Dragon Epoch. Da sola.

Fortunatamente, non rimasi a lungo da sola. FallenOne si collegò circa un'ora dopo di me. Immagino che non avesse niente di meglio da fare nemmeno lui quel fine settimana.

I nostri due amici assenti, invece, non avevano esitato a informarci in precedenza che se la sarebbero spassata. Loro avevano realmente una vita sociale e anche una vita sessuale!

Mi chiesi che cos'era successo perché FallenOne stesse passando del tempo con me. Ultimamente, usciva abbastanza regolarmente con qualcuno. Fino a poco tempo prima, aveva menzionato occasionalmente che usciva con "un'amica" o che "aveva un appuntamento". E, come sempre, restava misterioso.

Solo un pronome buttato lì mi aveva fatto capire che era una donna.

O forse, dato che era nel fuso orario dell'est, era già uscito ed era rientrato dal suo appuntamento prima di giocare con noi... chissà?

*Tu a FallenOne: *Allora, come mai non sei fuori anche tu stasera, lasciandomi da sola a fare le stupide cose monotone?*

*FallenOne a te: *Spallucce. Non lo so.*

*Io: *Le cose non sono andate bene con la tua "amica"?*

*Lui: *Sei curiosa. E perché hai messo la parola amica tra virgolette?*

*Io: *Immagino che sia il mio modo di abbreviare Trombamica?*

*Lui: *Beh, una volta lavoravamo insieme. Di recente lei è passata ad altro. Non l'ho vista molto e, sinceramente, non passiamo molto tempo insieme.*

*Io: *Vi trovate solo per fare sesso?*

*Lui: *No, non *solo per fare sesso, no... ma... il più delle volte.*

*Io: *Mmm.*

*Lui: *Come, mmm? Vuol dire che non approvi?*

*Io: *Io? No... mi sto solo chiedendo come succede una cosa simile... un tipo di situazione di... amici ma con quello in più. Come, non so, se ci fosse qualcuno con cui passi del tempo come amico e decideste semplicemente di cominciare ad andare a letto insieme? Succede e basta o ne parlate prima, o...?*

*Lui: *Stai elucubrando troppo.*

*Io: *Io rimugino sempre troppo. Solo la regina delle elucubrazioni.*

*Lui: *Lo vedo. Perché ti interessa tanto?*

*Io: *Non lo so. Penso che sia ora di... andare avanti e sperimentare cose nuove, tanto per dire. Ma non mi interessa minimamente cominciare una relazione o uscire regolarmente con qualcuno. Mi *sembra che tu abbia un sistema comodo, quindi stavo cercando di capire come facevi.*

Lui: Sono sicuro che troverai un modo, con un po' del tuo potere mentale.

Vedevo che stava scrivendo, ma non arrivava nessun messaggio. Era come se stesse scrivendo, cancellando, riscrivendo, più e più volte. Finalmente arrivò un messaggio.

Lui: Ma sai che non c'è fretta, vero? Hai gli esami, il test e tutta quella roba...

Io: La fretta è che non vorrei essere un'ottuagenaria vergine, grazie tante.

Lui: Beh, manca ancora parecchio tempo prima che diventi un'ottuagenaria.

Io: Oh, vabbè, andiamo a uccidere un po' di roba.

Lui: Come hai appena ucciso questa conversazione? Okay, va bene, che ne dici se tentiamo quella nuova missione dei fuochi d'artificio? Voci di strada dicono che la gente si sta divertendo un sacco.

Io: Far saltare roba è quasi divertente come uccidere roba. Ci sto...

***

*Eloisa è entrata nel mondo di Yondareth

FallenOne ed Eloisa stanno arrampicandosi intorno al cratere di un vulcano fumante, evitando pozze di lava sparse a caso mentre raccolgono lo zolfo per il loro malvagio intruglio.

Hassim, che ha assegnato loro la missione, li ha riforniti con uno speciale contenitore, insieme a una lista di ingredienti di cui avranno bisogno per aiutarlo con le sue magiche ed esplosive creazioni. Una volta finito, dovranno avventurarsi nelle caverne più profonde e buie di Yondareth per raccogliere il salnitro.

"Spero che questa missione valga la fatica" mormora Eloisa a FallenOne, tenendo chiuso il naso con due dita per bloccare l'odore di uova marce dello zolfo. Anche così, riesce a infilare il suo mestolino in una pozza della sostanza gialla nascosta sotto una roccia e a versarla nel contenitore di argilla, chiudendolo in fretta con un tappo.

"Hassim fa dei bei fuochi d'artificio" risponde FallenOne annuendo. "Sono sicuro che sarà uno spettacolo."

Dopo faticose giornate passate a viaggiare su quel terreno, i due avventurieri finiscono in un campo di nani minatori, dove scambiano il loro lavoro (riparare le rotaie dei carrelli della miniera), con pezzi di rame grezzo. Quel metallo è un ingrediente vitale per produrre le scintille blu dei fuochi d'artificio, tra gli altri tanti colori.

È una missione lunga ed estenuante e, dopo aver raccolto tutti gli ingredienti, tornano finalmente da Hassim. L'alchimista esotico trasformerà il materiale raccolto nelle sue famose creazioni, in tempo per il Grande Festival Mondiale degli Gnomi.

Sia FallenOne sia Eloisa sono eccitatissimi e non vedono l'ora di partecipare.

"A parte ottenere i nostri fuochi d'artificio personali da far partire quando vogliamo, non vedo l'ora di aiutare a montare lo spettacolo per il festival." FallenOne si passa pensierosamente la mano nella barba bianca con un'espressione sognante negli occhi, come se stesse immaginando come sarà.

Eloisa, al contrario, è rimasta in silenzio da quando hanno consegnato gli ingredienti ad Hassim. Aspettando che lui assembli i suoi razzi, ai due avventurieri è stato chiesto di creare una radura, costruire una piattaforma e, una volta che i razzi saranno pronti, sistemarli in modo adeguato. Eloisa sta cominciando a pensare che sia un mucchio di lavoro per un risultato deludente.

Man mano che i compiti si accumulano, Eloisa si sta divertendo sempre di meno.

"Credo sia un mucchio di lavoro per niente" dice facendo il broncio.

FallenOne si raddrizza, dopo il lavoro massacrante, avendo finito di assemblare la piattaforma e i sostegni per i razzi. "Abbiamo quasi finito. Vedrai! Una volta che il sole tramonterà ci sarà uno spettacolo favoloso e saremo i grandi eroi che hanno portato la speciale magia delle creazioni di Hassim agli abitanti di queste parti."

Ma ci sono altri compiti da completare. Hassim è molto preciso riguardo la posizione dei razzi, che devono essere sistemati secondo un disegno particolare, così come la polvere nera che funge da innesco.

Le guance di Eloisa diventano un po' rosse per la frustrazione e anche un po' per la rabbia. La sua pazienza è alla fine. E non ha proprio intenzione di sopportare gli stupidi. Ha intenzione di reagire.

Afferra la maggior parte dei razzi e il barile di polvere nera prima ancora che FallenOne si renda conto di che cosa sta facendo. Trasportandoli sulla piattaforma, impila gli esplosivi in un grosso mucchio.

"Non è quello che ci ha detto di fare Hassim!" protesta Fallen quando finalmente la raggiunge, un po' stupito che Eloisa riesca a muoversi così in fretta.

"Non m'interessa" ribatte Eloisa. "È quello che otterrà!"

Toglie il tappo al suo barilotto di polvere nera e comincia a spargerla sul terreno in linee e forme intricate. Lancia anche incantesimi in una lingua straniera misteriosa che FallenOne non ha mai sentito prima.

Lui guarda, con gli occhi che si spalancano man mano che si formano i disegni. "Quello non è... non puoi... cosa...?"

"Guardami" ribatte Eloisa mentre getta via il barilotto vuoto e prende il suo acciarino. "Ti consiglio di restare indietro."

Con gli occhi sgranati e la mandibola che quasi tocca terra, FallenOne ubbidisce, arretrando quanto possibile pur restando in una posizione tale da vedere quello che sta per succedere in questo piccolo e sventurato borgo al margine dei boschi.

Quando è pronta, Eloisa manda una scintilla alla fine di una lunga pista di polvere nera, che porta direttamente al mucchio di fuochi d'artificio che esploderanno sicuramente appena il fuoco li raggiungerà.

"Questa è l'ultima volta che faccio il loro stupido lavoro per un maledetto fuoco d'artificio riutilizzabile che resterà nel mio zaino a occupare spazio finché mi deciderò a distruggerlo."

FallenOne può solo scuotere la testa mentre il fuoco segue la pista di polvere nera, serpeggiando intorno alle forme intricate e strane lettere dell'alfabeto, avvicinandosi sempre di più alla pila di esplosivi al centro della piattaforma.

"Darò loro uno spettacolo che non dimenticheranno mai" urla allegramente Eloisa.

***

Guardavo lo spettacolo sul monitor, con un pugno premuto sopra la bocca mentre cercavo di non ridacchiare. Riuscivo a percepire fin da lì l'irritazione di Fallen.

La polvere si incendiò, dal punto dove avevo lanciato la scintilla, e le fiamme eruppero, illuminando il disegno. Non sapevo che cosa stesse passando per la testa di Fallen mentre vedeva la mia ribellione, ma per me era sicuramente uno spasso.

Le fiamme girarono intorno a due giganteschi cerchi, allungandosi in una lunga asta di luce. Dalla punta uscì una fiammata di stelle bianche. Le luci tremolarono seguendo uno schema e scrissero due frasi.

Una scritta era *"Fanculo, Hassim"*. L'altra *"Draco, fai schifo"*. E altri piccoli messaggi divertenti.

FallenOne rimase in silenzio finché la scia di fiamme portò al gran finale: un gigantesco mucchio di fuochi d'artificio impilati che esplosero tutti insieme, quasi bruciandomi le retine con lo sgradevole scoppio di luce sullo schermo.

L'intero borgo sarebbe stato demolito, se fosse esistito al di fuori del reame di pixel e byte.

Ridacchiai come una bambina mentre osservavo la mia devastazione, il gigantesco cratere fumante nella radura tutto tinto di nero. In un quarto d'ora tutto sarebbe tornato come prima, a beneficio degli abitanti NPC e i giocatori che si sarebbero avventurati lì con le loro missioni da completare.

Ma io avevo bruciato i miei stessi ponti, per modo di dire.

Quel pensiero mi fece solo ridere più forte.

*FallenOne a te: Un cazzo e le palle, Mia, DAVVERO?

*Eloisa a FallenOne: È divertente, la missione di Hassim era *veramente irritante. Non credi?

*Lui: Non era *così irritante.

*Io: Era maledettamente irritante. Questo gioco è pieno di lavori impegnativi irritanti come questi. Ne ho avuto abbastanza.

*Lui: Dai, non è vero. Era una missione interessante. Con una grande ricompensa. Non che TU fossi in giro per riceverla.

*Io: Lo dici tu. Mi sono ribellata.

*Lui: L'ho notato. Sei proprio una ribelle.

*Io: *Mi piace variare un po', che posso dire?*

*Lui: *Presumo che a breve ci sarà una recensione completa di questa catena di missioni sul blog?*

*Io: *Ovviamente. Ho fatto degli screenshot e tutto.*

*Lui: *Wow, hai veramente tolto tutti i freni.*

*Io: *Ehi, se avessi avuto intenzione di bruciare la terra lo avresti saputo. Questo non è niente... gli passerà, e forse non faranno tante missioni che richiedono un mucchio di lavoro in futuro. Risultato ottimale per noi giocatori.*

*Lui: *Stai veramente cercando di istruire i creatori del gioco con i tuoi commenti sarcastici sul blog?*

*Io: *Io offro loro semplicemente un'altra prospettiva.*

*Lui: *Sì, davvero.*

Pensavo che avrei ricevuto più risate da FallenOne, o almeno un mediocre ah-ah. Forse il mio umorismo era troppo immaturo per lui o roba simile.

O forse, solo forse, avevo bisogno di uscire e farmi una vita. Mi mordicchiai il labbro e cercai di soffocare la punta di disperazione che minacciava di espandersi in qualcosa di più serio. Forse anche la depressione.

A volte una ragazza aveva bisogno di una via di fuga per le sue preoccupazioni e le sue paure. Qualcosa di sicuro, non distruttivo.

Ed era esattamente ciò che mi dava il gioco.

Una volta tornati in città, raccogliemmo le nostre cose per restituirle al fornitore di missioni per averne un'altra. Questa volta era una ruffiana di nome Dirty Deena, che aveva razziato un'armeria ed era pronta a consegnarci (sorpresa!) nuovi pettorali in cambio degli oggetti a caso di cui aveva bisogno.

Le consegnammo le conchiglie raccolte con grande fatica, doblони incrostati di molluschi e vele strappate da navi affondate. Dirty Deena rise e cantò e ballò una giga piratesca. FallenOne, essendo un lanciere, ricevette un pettorale di cuoio borchiato che luccicava al sole. Gli trasmisi velocemente la mia eccitazione per lui, ballando e battendo le mani e incoraggiandolo mentre si infilava quel magnifico pezzo. Era FAVOLOSO.

*Io: *Mostrami le statistiche su quel pettorale! Voglio vedere quant'è valido.*

*Lui: *Il tuo avrà le stesse identiche statistiche!*

Quindi controllai le statistiche della mia ricompensa. Un *notevole* miglioramento rispetto al pettorale che avevo indossato per gli ultimi tre livelli. Ma com'era la grafica?

Rimossi il vecchio pettorale dallo slot del "petto" della finestra del mio personaggio e l'attrezzai con quello nuovo. Poi tornai al mio schermo principale, per vedere che aspetto aveva la grafica sull'avatar del mio personaggio.

Inserite tromboni tristi: *Wah wah waaaaaah.*

Non era altro che il reggiseno luccicante di un bikini, costruito in modo perfetto per mostrare il décolleté con l'abbondante seno di Eloisa.

Inserite: FURIA estrema della giocatrice.

*Io: *Che cazzo!*

*Lui: *Ti sta, uhm, bene.*

*Io: *Chiudi il becco, lanciere, se non vuoi che prenda quella lancia e te la ficchi dove non batte il sole.*

*Lui: *Suscettibile...*

*Io: *Lo saresti anche tu se tutta Yondareth stesse cospirando per obbligarti ad andare in battaglia indossando nient'altro che un perizoma. Non ti piacerebbe, eh?*

*Lui: *Beh, no, ma guarda il lato positivo.*

*Io: *Lato positivo? C'è un lato positivo?*

*Lui: *I nostri pettorali hanno esattamente le stesse statistiche. Stessa classe di armatura, stessi punti ferita. La stessa protezione in tutto, ma il tuo pesa un mucchio meno.*

*Io: *Perché sono DUE MICROSCOPICI TRIANGOLI DI CARTA STAGNOLA!*

*Lui: *Ma *c'è un lato positivo...*

*Io: *Sì, certo, mi hai convinto. Sai che mi piace mostrare a tutta Yondareth il mio decolté virtuale. NO!*

*Lui: *Non hai intenzione di mollare il gioco per la rabbia, vero?*

*Io: *Ho il dito sul pulsante per mollare anche mentre scrivo!*

*Lui: *Fai dei bei respiri profondi, Mia. NON farlo. Sai che adori Dragon Epoch.*

*Io: *Mi piacerebbe di più se ricordassero che non tutte le donne vogliono mostrare le loro tette a tutto il mondo.*

*Lui: *Magari stanno implementando dei cambiamenti anche adesso. Forse permetteranno alle donne di scegliere il tipo di armatura che vogliono indossare.*

*Io: *Non posso essere l'unica donna che si lamenta. So che non piace nemmeno a Kat.*

*Lui: *Considereranno tutti i nostri feedback.*

*Io: *Continua pure a sperare. Le ragazze vogliono solo sembrare delle dure, sai. Più Giovanna d'Arco e meno Principessa Leila con il bikini d'oro da schiava...*

*Lui: *Sì, ma Leila ha ucciso Jabba indossando quel bikini d'oro. Era una dura e al contempo sexy da morire.*

*Io: *Sospiro. Forse non era un buon esempio.

*Lui: Potrebbero esserci dei cambiamenti in arrivo.

*Io: OPPURE, più probabilmente... per la prossima missione la ricompensa sarà degli hot pants che si abbinano a questo reggiseno.

*Lui: *Sospiro.

Fallen continuò ad ascoltare a lungo le mie lamentele. Prima nella chat, e poi, quando mi stancai di scrivere, accesi la cuffia e lo feci sul canale audio. Una volta che mi fui calmata, ci dirigemmo verso la piazza di una città, dove dovemmo fare qualche faccenda domestica per prepararci alla grande missione seguente con il gruppo. Lì avremmo venduto la nostra robaccia per comprare cibo e rifornimenti, per poi mettere il restante in banca in modo da non doverlo portare in giro.

Mentre andavo verso la banca a Cormir City, m'imbattei in un curioso assembramento. Un avatar femminile, un'elfa sexy con chilometri di capelli biondi che le scendevano fino alle caviglie, vestita con la più scintillante e ridotta delle armature, coppe ingioiellate e tutto il resto, era in piedi su una piattaforma circondata da parecchi altri personaggi.

Il dialogo che veniva gridato nel canale audio generale faceva sembrare che ci fosse un'asta in corso. E da quello che si vedeva, l'oggetto dell'asta era l'elfa avatar stessa.

FallenOne sembrò perplesso quanto me quando gli mandai un messaggio chiedendogli che cosa diavolo stesse succedendo a Yondareth.

*Lui: Non ne ho idea. Sembra che la gente stia facendo offerte per del "tempo privato" con l'elfa, che si chiama LadyHaHa.

*Io: Tempo privato. Per che cosa?

*Lui: *Uhm...*

Continuai a seguire il procedimento per alcuni minuti mentre Fallen mandava un'emote in cui scuoteva la testa, fingendo incredulità. Alla fine, l'innocente piccola vergine (che sarei io) capì.

La ragazza elfa stava mettendo all'asta del tempo cibernetico. Vale a dire sesso cibernetico. La gente stava offrendo di pagarla per fare sesso virtuale con questa donna elfa "sexy" i cui seni traboccanti non erano nemmeno reali. Diavolo, probabilmente, nella vita reale chi stava giocando non era nemmeno una donna.

*Io: *Porca paletta. Non so nemmeno...*
*Lui: *Già. E io che pensavo di aver visto tutto nei miei anni da giocatore... Sono senza parole.*
*Io: *Tu sei sempre senza parole. Ti limiti a scrivere nelle chat.*
*Lui: *Divertente.*

Continuammo a battibeccare per un po', ma Fallen poco dopo mi fece sapere che doveva scollegarsi. Io restai a guardare lo spettacolo di merda finché durò. A un certo punto dichiararono un vincitore, fu pagato il compenso pattuito e i due partecipanti si ritirarono in una stanza privata da qualche parte nelle cantine di una locanda per scambiarsi emote sessuali.

Wow. La professione più antica del mondo esisteva perfino a Yondareth. Inquietante o ingegnoso? Immagino che dipendesse... da tante cose. Consenso ed età della ragione, innanzitutto.

Con una smorfia e facendo spallucce, presi un appunto mentale di indagare su quel fenomeno quando avessi avuto più tempo, magari per un articolo sul blog. C'erano talmente tante cose in gioco e poteva essere un problema complesso, specialmente per la gente che gestiva il gioco.

Nelle settimane seguenti, dovetti ammettere che la ragazza elfa mi aveva dato molti spunti di riflessione. Se lei era maggiorenne e lo era anche l'altro partecipante e lei aveva bisogno di soldi... allora, perché no?

Non si faceva male nessuno, giusto?

****

Il nostro gruppo di gioco smise di giocare durante le feste. Le vacanze di Natale mi riportarono al ranch, dove la connessione a Internet era meno che stellare, almeno per giocare. Heath aveva intenzione di andare a passare un po' di giorni con la famiglia di Brian nel nord della California e Kat aveva dei doppi turni al lavoro. Fallen aveva quello che aveva, cosa di cui non parlava... nessuna sorpresa.

Quando arrivai a casa, non dicemmo una parola sul nostro piccolo litigio. Fui ricevuta a braccia aperte, un abbraccio e un bacio. E, grazie al cielo, una genitrice che sembrava molto più in forze, anche se notevolmente più magra.

Ma... non mi lasciai dissuadere dall'arrivare in fondo al mistero finanziario. Solo, questa volta aspettai finché fosse uscita di casa per fare alcune commissioni prima di cominciare a spiare.

La scrivania era completamente sgombra. Sospettosamente sgombra.

Non era *mai* sembrata così ordinata a meno che lei l'avesse appositamente riordinata per tenere il contenuto lontano dai miei occhi.

Imperterrita, andai direttamente dove teneva i libri contabili. Dato che, da adolescente, l'aiutavo con la contabilità, sapevo esattamente dove cercare.

Aprii la pagina che elencava le fatture scadute e rimasi a bocca aperta. Com'era possibile che fosse rimasta così indietro?

Avevo il cervello in fiamme mentre i miei occhi scendevano lentamente lungo la colonna. La mamma non stava ancora abbastanza bene da riaprire il B&B e, anche se fosse stata in forma, l'alta stagione non sarebbe cominciata fino a metà primavera.

Il saldo in banca era negativo.

Andai a cercare gli avvisi di ricevute bancarie in scadenza. Dopo cinque minuti, le trovai nel cassetto in fondo al comodino. Tolsi un fascio di avvisi di ritardato pagamento del mutuo e una pila di fatture per le spese mediche che non riuscivo nemmeno a immaginare.

Estratti conto di fatture non pagate per il trattamento di chemioterapia, addebiti per le medicazioni prescritte, fatture per le terapie ospedaliere... Nessuna assicurazione per coprirle.

Con le mani tremanti e lo stomaco che era sceso fino alle scarpe, sapevo che cosa fare.

Diversamente dalla mamma, io *avevo* un po' di soldi da parte. Erano solo poche migliaia di dollari che ero riuscita a risparmiare dalla borsa di studio, vivendo in modo frugale, nel tentativo di crearmi un tesoretto per cominciare la facoltà di medicina.

Furono quei soldi che depositai sul suo conto in banca quello stesso giorno. Quando l'accredito arrivò, presi tutte le fatture e i libri contabili, mentre mia madre era fuori a dar da bere e da mangiare ai cavalli, ovviamente, e inviai i pagamenti prima che potesse protestare.

In quel modo, quando glielo avessi detto, sarebbe stata cosa fatta e non sarebbe stata in grado di disfare ciò che avevo fatto.

Ero stata in grado di coprire quasi tutte le fatture non pagate.

Eccetto il mutuo. Non sapevo quanto fosse in arretrato e avevo potuto solo arrivare fino a un certo punto con il mio tesoretto. Avrei dovuto cercare di capire che cosa fare per il resto.

Che cosa significasse per la facoltà di medicina restava da vedere. *Se* mai fossi riuscita a passare il test.

Ma avrei trovato un modo.

Qualche minuto prima di salutarla con un bacio, dissi a mia madre che cosa avevo fatto. «Mamma, uhm, controlla i libri contabili prima di pagare qualcosa, okay? E per favore non arrabbiarti.»

Lei mi guardò come se avessi appena parlato in russo prima di capire lentamente. «Mia... che cosa hai fatto?»

Le sorrisi. «Non puoi disfarlo. Quindi arrabbiarti con me non risolverà niente.»

Lei impallidì. «Mia...»

«Arrivederci, mamma. Buon anno.» Salii in auto e chiusi la portiera.

«Dannata ragazza testarda» borbottò.

Abbassai il finestrino. «Ti ho sentita, sai? Se sono testarda è perché l'ho ereditato da te.»

Lei mi guardò partire con la preoccupazione e il senso di colpa negli occhi. Non avevo idea se quel senso di colpa fosse dovuto al segreto che aveva mantenuto o al fatto di aver avuto bisogno di sua figlia per togliersi dai guai. E comunque non era importante.

Cercai con tutta me stessa di ignorare quell'espressione colpevole. Forse sapeva qualcosa che io ignoravo ancora. Forse c'era ancora di più che mi stava nascondendo.

Forse, solo forse, quel peso plumbeo che mi portavo dentro da mesi, da un anno, in effetti, stava per diventare più pesante invece di alleggerirsi.

Capitolo Dodici
Manifesto, Olè

"ERP, oppure Erotic Role Play, gioco di ruolo erotico. Deve restare o sparire?" postato sul blog Girl Geek.

Se resta, ci saranno problemi...

Oh, non importa, oggi questo blog non ha intenzione di citare (quasi) vecchie canzoni degli anni '80.

Invece, vorrei parlare della cosa più insospettabile che ho incontrato in una piazza su Dragon Epoch. Una... ahem... giocatrice erotica professionale.

Sì, è corretto, lei soddisferà il tuo avatar per il giusto importo di oro virtuale. Ti scriverà cose sconce in chat se la pagherai per il suo tempo.

La professione più antica ha trovato posto a Dragon Epoch. Questo tipo di comportamento è contrario ai Termini di servizio del gioco? Sapete, quel lungo documento che scorre sul vostro schermo dove voi cliccate "accetto" tutte le volte che c'è un cambiamento, senza mai in effetti leggerlo? Sappiamo tutti che avete mentito e avete detto di averlo letto.

Beh, mi sono sacrificata per la squadra e l'ho letto veramente, in modo che non dobbiate farlo voi. I Termini di servizio della Draco non proibiscono esplicitamente il gioco di ruolo osé, ma ovviamente impongono l'uso appropriato delle risorse di gioco, in special modo quando sono presenti minori. Poiché ci sono un mucchio di ragazzini minorenni che giocano, e, gente, la maggior parte di loro è veramente uno strazio, l'età della persona dietro l'avatar è una cosa da prendere seriamente in considerazione.

Personalmente, penso che purché i partecipanti siano adulti consenzienti e si prendano la briga di verificare sia l'età sia lo status del consenso, chi sono io per oppormi a quello che succede in una chat privata?

La prostituzione è illegale in molti paesi. Il suo equivalente dovrebbe essere reso illegale a Yondareth? Penso che ci possa essere una sana discussione sugli argomenti a favore e contro. Lasciate le vostre opinioni nell'area commenti...

***

Brian e Heath si lasciarono. Così. Senza preavviso.

Beh, a parte il fatto che la loro relazione faceva schifo, non c'erano stati grossi litigi o qualcosa di particolare che l'aveva fatto succedere.

Un fine settimana, Heath mi aveva accompagnato ad Anza per aiutare mia madre con qualche problema di manutenzione al ranch e, quando era tornato a casa, l'appartamento era stato svuotato. Quel piccolo stronzo di Brian non aveva lasciato nemmeno un biglietto. Aveva preso la sua roba (e non solo quella) e se n'era andato come il ragazzino codardo che era.

E Heath era distrutto.

Arriva Mia con la scopa e la paletta per raccogliere i pezzi. Ma ho sempre fatto schifo con le faccende domestiche.

Gli dissi di impacchettare il suo laptop, un po' di vestiti e portare il suo sacco a pelo a casa mia dove potevamo accamparci.

Non potevo tenerlo d'occhio dov'era. Quando esitò, insistetti. In effetti, andai a casa sua e gli preparai io la valigia.

Spalle basse, Heath si rassegnò al suo fato. Sarebbe rimasto sotto il mio occhio vigile finché non avessi deciso che sarebbe stato bene.

Passammo buona parte di quella settimana giocando, tra le mie lezioni, i turni al lavoro e lo studio per gli esami finali. Solo qualche altra settimana e sarebbe stato il mio ultimo semestre, senza lezioni. Dovevo però ancora affrontare la questione irrisolta di che cosa fare riguardo la facoltà di medicina.

Fare da babysitter al cuore infranto di Heath fu un'eccellente distrazione dai miei problemi.

«Indovina che cos'ho letto nei forum di Dragon Epoch stamattina?» mi chiese verso la fine di quella settimana.

«Stavi trollando i forum invece di lavorare?»

Heath mi rivolse un sorriso imbarazzato. «Sono i miei clienti più comprensivi e pazienti. Aspetteranno. Un pochino, almeno.»

Feci un respiro profondo e alzai le sopracciglia, ma non risposi. Sembrava che il suo umore fosse migliorato e non volevo dire niente che lo rovinasse.

«Allora, non hai indovinato e probabilmente non indovineresti mai, quindi te lo dirò io.»

Annuii. «Vai pure.»

«C'era un post misterioso sui forum questa mattina che dava informazioni riservate su una "missione segreta" che stanno implementando nel gioco.»

Lo fissai, senza capire. «Una missione *segreta*? Cioè?»

«Beh, non lo sa nessuno veramente. Solo che dovremmo parlare a tutti i NPC e che ci sarà una storia che coinvolge la principessa Alloreah'ala, o come diavolo si pronuncia. Un qualche tipo di mistero da risolvere che richiederà di trovare degli indizi.»

Qualcosa di quest'informazione mi risuonò nella mente. Perplessa, ricordai una conversazione che avevo avuto con il mio gruppo mesi prima...

Mi piacerebbe che ci fosse una missione segreta... Qualcosa nascosto nel gioco, sottostante alle missioni palesi. Forse cercare degli indizi o parlare con i NPC per avere suggerimenti che ci portino a una catena di missioni segrete.

Ciò che Heath aveva appena descritto suonava esattamente come quello di cui avevo parlato.

Che strano.

Avevano accettato un mio suggerimento, dopotutto...

O forse l'aveva suggerito *lui?*

O forse lui lavorava veramente lì, dopotutto. O conosceva qualcuno che ci lavorava, la stessa persona che gli aveva dato tutte quelle informazioni segrete, come il posto segreto, impossibile da trovare, dove mi aveva portato.

Ripensandoci, ero solo felice di vedere la mia idea diventare realtà, o almeno una realtà *virtuale*. Non era veramente importante come ci fosse arrivata.

Le possibilità erano eccitanti! Non vedevo l'ora di vedere che cosa aveva fatto il gioco con l'idea, se, in effetti, non si trattava solo di una voce.

Scartabellai su tutti i forum, cercando tutte le informazioni che potevo sulla missione, cercando le avvisaglie che si trattasse di qualcosa di più di una voce. Poteva essere realtà virtuale, o solo una trovata pubblicitaria. Non ne avrei parlato sul blog finché non ne fossi stata sicura.

Sfortunatamente, FallenOne non si collegò quasi mai nelle settimane seguenti, quindi non potei sondarlo per avere informazioni. Ma non poteva restare assente per sempre!

****

Dato il mio conto in banca quasi azzerato e la mancanza di un cuscinetto finanziario, richiesi e mi concedettero, più ore in ospedale. *Bene.*

Anche se a volte il lavoro di bassa manovalanza mi irritava, le buste paga più pesanti mi avrebbero aiutato a rimpiazzare i soldi che avevo usato per pagare le fatture di mamma. Diversamente dalla laurea di primo livello, era improbabile che sarei stata in grado di finanziare la facoltà di medicina con borse di studio accademiche.

E c'era sempre la questione del mutuo della mamma... tutti quei solleciti mi preoccupavano. Non avevo idea per quanto tempo avrebbero continuato, o come avrebbe fatto la mamma a raccogliere abbastanza soldi per coprire quello che doveva.

Quindi, l'aumento di ore era una buona cosa. Significava anche un aumento di responsabilità all'ospedale e anche avere un assaggio di ciò che sarebbe veramente stato lavorare in campo medico.

Era interessante e tedioso, lungo ed esilarante. Mi ripromisi che avrei ricordato quell'esperienza quando, se mai fossi arrivata a quel punto, sarei diventata un medico. Anche se i compiti di un'assistente erano necessari e vitali per il funzionamento di un ospedale, erano anche stancanti. E frustranti. Da medico, avrei cercato di fare del mio meglio per provare simpatia e gratitudine per quelli che svolgevano quei lavori spesso ingrati.

«Sono qui per gli esami del sangue, come ha chiesto il medico» disse un'anziana paziente, seduta alla mia postazione quando arrivai per il mio turno una mattina.

«Okay, signora» risposi. «Può dirmi chi è il medico che li ha richiesti?»

Lei mi guardò come se l'avessi appena punzecchiata, spalancando gli occhi. «Oh, non lo so, cara. Era alto. E magro.»

Un uomo alto a magro. Non conoscevo tutti i medici che lavoravano in quel reparto, ma quella descrizione si adattava ad almeno la metà di quelli che conoscevo.

«Ehm, che tipo di esami del sangue?»

Lei mi guardò con un'espressione assente. Aspettai. E aspettai. Quando non arrivò nessuna risposta, mi sistemai il tablet contro il fianco. «Come si chiama, signora?»

«Johnson» rispose. «Elizabeth Johnson.»

Oh, diavolo. Un nome ancora più comune no?

Immisi il suo nome nel sistema. Apparvero quattro Elizabeth Johnson. Comunque, dovevo ancora capire qual era quella giusta.

«La sua data di nascita, signora?»

«Questa è una domanda veramente scortese, non crede?» la sua fronte invecchiata si corrugò. «Da fare a una signora della *mia* età.»

Evitai per un pelo di sbuffare. «Ne ho bisogno per poterla trovare nel sistema.»

Lei mi guardò sospettosa. «Mmm. Bene. Sono nata il 13 giugno.»

«L'anno?»

Lei inarcò le sopracciglia. «Non le basta per trovarmi?»

Controllai le quattro Elizabeth Johnson. Nessuna di loro era nata il 13 giugno.

«Mmm. Signora, è sicura di essere nel posto giusto?»

Sotto il trucco pesante, le sue guance diventarono rosse come un pomodoro. «Beh, certo. Non sono *senile*.»

Sbattei le palpebre. «Mi dispiace, signora. Non intendevo insinuarlo. Ma... lei non risulta nel sistema come Elizabeth Johnson e per poterla trovare usando la data di nascita, ho bisogno di sapere anche l'anno.»

Andammo avanti per dieci minuti in questo modo finché la convinsi a darmi la sua "vera" data di nascita, non quella, cinque anni successiva, che lei usava nella sua cerchia sociale. Scoprii che era registrata con il cognome del suo secondo marito.

Oh, gente.

Una volta trovata, vidi che aveva sei diversi medici e che nessuno di loro aveva chiesto esami del sangue. Lo sapevo perché avevo dovuto chiamare ciascuno di loro nei loro uffici per chiederlo.

Oh, Dio, risparmiami questa follia.

Tornando a casa una sera dopo un'esperienza particolarmente difficile al pronto soccorso con un ubriaco che aveva vomitato dappertutto, insultandomi nel frattempo con tutti gli epiteti conosciuti, feci la doccia più calda immaginabile. Ovviamente, nel mio appartamentino, durò solo tre minuti per via delle dimensioni del boiler. Ma in quel breve tempo, piansi più forte di quanto facessi da anni. Dovevo semplicemente far uscire tutto.

E poi mi collegai.

E anche se ero lì più che altro per sfogarmi, dovetti ammettere che ero un po' delusa che nessuno dei miei amici fosse online. Controllai. FallenOne non si collegava da una settimana! Il mio cuore si strinse un po'.

Non vedevo l'ora di chattare un po' con lui, ma non c'erano stati nemmeno messaggi. Presi il cellulare e poi ci ripensai quando mi resi conto di che ora era sulla costa est.

Decisi di mandargli un messaggio la mattina dopo, per chiedergli come stava...

Saltò fuori che non era necessario. Venti minuti dopo, il messaggio privato di FallenOne apparve magicamente sul mio schermo. Cercai di non esaminare troppo da vicino il piccolo brivido che provai quando vidi che era lui.

*FallenOne a te: *Ehi, come va il lavoro? Ti stanno facendo lavorare più del solito.*

*Tu a FallenOne: *Bah, sono sempre stanchissima.*

*Lui: *Come mai hai aumentato le ore?*

*Io: *Sono solo affamata di soldi.*

Avevo deciso di non essere troppo specifica riguardo ai nostri problemi di soldi, con nessuno. Non avevo nemmeno ancora vuotato il sacco con Heath. Forse l'avrei fatto, prima o poi. Ma prima dovevo capire come andavano le cose. Alla fine, la risposta ai miei problemi finanziari non poteva venire da questo lavoro. Avevo fatto qualche conto e, anche se sarei stata in grado di vivere con lo stipendio e gli introiti del blog, non sarebbe rimasto molto per ricostituire i miei risparmi.

Mi vennero le lacrime agli occhi e mi ordinai di smetterla con quelle stupidaggini. Mi ero solo permessa quel breve crollo emotivo nella doccia.

*Io: *Mi sento un po' giù stasera.*

*Lui: *Mi dispiace. Posso fare qualcosa per rallegrarti?*

*Io: *Non lo so. Sai qualcosa della missione segreta di cui parlano tutti?*

*Lui: *Temo di no. Ma che ne dici di omicidi di massa di pixel?*

*Io: *Mi tenta, ma no...*

*Lui: *Mi dispiace. Vuoi parlarne?*

*Io: *Non credo di avere nemmeno la forza per farlo. Ci sono mai stati periodi nella tua vita in cui le cose semplicemente non andavano nel modo in cui ti aspettavi?*

*Lui: *Riguarda ancora il test? Ti stai torturando per quello?*

*Io: *Non si tratta solo del test.*

*Lui: *Dovresti semplicemente rifarlo, sai. Farlo e rifarlo, farlo e rifarlo. Fallire è solo un modo per imparare. E a ogni tentativo, imparerai di più e farai meglio.*

*Io: *Mi sento troppo una fallita per prenderlo in considerazione. Ma, davvero, non si tratta solo del maledetto test. Quella è solo una frazione dei miei problemi.*

*Lui: *Puoi contare su di me. Sono tuo amico. Per favore, fammi sapere se c'è qualcosa che posso fare per aiutarti.*

*Io: *Lo farò, lo prometto. So che mi sono appena collegata, ma sono veramente esausta. Penso che andrò a dormire.*

*Lui: *Okay, però mandami un messaggio domani, per favore. Non voglio dovermi preoccupare tutto il giorno.*

*Io: *Okay. Prometto :P)*

*Lui: *Dormi bene.*

*Io: *Bye.*

Mi stavo addormentando prima che la testa si appoggiasse sul cuscino, ma il cervello stava lavorando anche mentre il sonno mi travolgeva. Stranamente, l'ultima cosa a cui pensai fu quella strana scena in Dragon Epoch dove l'elfa nella sua armatura-lingerie scintillante era in piedi sulla piattaforma e stava mettendo all'asta se stessa al miglior offerente. Se solo fosse stato così facile nella vita reale...

Mi svegliai con l'idea completamente formata nel mio cervello, pronta per essere messa in opera. Andai al computer, aprii il programma di scrittura e cominciai a scrivere furiosamente.

Oh, era un'idea folle, pazzesca. Non sarei mai riuscita a metterla in pratica. *Non* l'avrei mai messa in pratica, ma era così pazzesca che *non* potevo non scriverla. E comunque stavo solo buttando giù qualche idea, no?

Giusto. Quindi scrissi più in fretta che potevo...

Credo che sbalordirò la maggior parte di voi, dichiarando che, alla quasi impensabile età di ventidue anni, possiedo ancora un imene intatto. No, non ho intenzione di rispondere alle vostre domande in proposito. Sì, sono eterosessuale. No, non ho intenzione di uscire con te...

E continuai a scrivere, senza nemmeno sapere se o quando l'avrei mostrato ad anima viva. Ma non riuscivo a fermarmi. Non riuscivo a fermarmi.

CAPITOLO TREDICI
CHE CAZZO HO APPENA LETTO?

A: Heath, Persephone (Katya), FallenOne.

Da. Mia

Oggetto: Un'idea folle.

Allora, ho avuto l'idea balzana di scrivere un "Manifesto". A questo punto non so che cosa significhi o che cosa ne farò. Sarei onorata se lo leggeste e mi diceste che cosa ne pensate.

Un abbraccio,

Mia

All.: Il manifesto di una vergine.docx

***

Andai dal mio gruppo di studio.

Jon mi chiese di uscire. *Di nuovo.*

Dovetti trovare al volo un'altra patetica scusa. *Di nuovo.*

Stava diventando noioso. Giurai di parlarne con Alex e Jenna per trovare una lista di scuse da poter avere a portata di mano in futuro. Prima o poi avrebbe capito che non ero interessata... *giusto?*

Quanto a essere lui "quello" che mi avrebbe liberato dal peso dalla mia verginità... avevo già deciso per il no.

Non che avessi nemmeno accettato l'idea di metterla all'asta. Prima aspettavo le reazioni.

Quando tornai nel mio monolocale, il telefono stava suonando mentre salivo le scale incespicando. Era la linea fissa perché, come sempre, avevo quasi esaurito i minuti, e i soldi, quindi avevo chiesto alla gente di chiamare la linea fissa.

Arrivai al telefono proprio nel momento in cui chiunque fosse riappese, senza lasciare un messaggio.

Accidenti.

Immaginai che fosse stato Heath, quindi aspettai di sistemarmi prima di richiamarlo.

Innanzitutto, controllai la mail e trovai un promemoria per il prossimo test di ammissione. Senza esitare più di cinque secondi, seguii il link, mi collegai al sito e rimandai di tre mesi la data del mio prossimo test. L'avevo già fatto due volte, dato che lasciavano una finestra di trentun giorni o più prima del test per spostare la data.

Stava diventando un piccolo stupido gioco di "evitare la data del test", non meno intenso del gioco di acchiapparella nel campo giochi in quinta elementare. Con la tensione che si stemperava, capii, proprio come l'avevo capito le altre due volte, di aver fatto la cosa giusta.

Ovviamente, stavo quasi certamente condannandomi a saltare un anno prima di poter frequentare la facoltà di medicina. La mia paura mi aveva fatto aspettare troppo e ora mi ero spinta oltre la finestra di opportunità per iscrivermi per il prossimo anno scolastico. Deglutii il groppo che avevo in gola e ricacciai in fondo quel fardello, insieme al resto delle mie preoccupazioni, l'ansia e il senso di colpa che ultimamente mi stavano schiacciando.

Senza ripensarci, scrollai la lista delle mail per controllare se c'erano risposte al mio manifesto. In effetti c'erano e-mail sia da Persephone sia da FallenOne.

A: Mia
Da: FallenOne
Oggetto: Idea del cazzo.
Che cazzo ho appena letto?
No, seriamente, che cazzo è?

Oookay, allora. A quanto pareva Fallen non era dell'idea. O lo stava considerando uno scherzo. L'avevo mandato quasi per scherzo, quindi era comprensibile. Risposi in fretta, sperando che avrebbe chiarito più tardi che cosa pensava.

Andai alla risposta di Kat.

A: Mia
Da. Kat Ellison
Oggetto: Un'idea formidabile
Meraviglioso! Hai intenzione di farlo? Fa un po' paura ma è anche super-eccitante e, per essere sincera, sono anche un po' gelosa perché non ho tentato di monetizzare quando mi sono fatta sverginare. Tu sei più furba.
Allora... hai intenzione di farlo?

Così andava meglio... quindi avevo un sì e un no, anche se forse uno era scherzoso. E Heath, il jolly. Era ora di sapere che cosa ne pensava *lui*.

Presi il telefono e lo chiamai.

«Ciao, bambolina» rispose, con una voce molto più pimpante di quella di tre settimane prima, quando Brian se n'era andato. Heath stava cominciando a riprendersi, anche se mi assicuravo di chiamarlo ogni singolo giorno per controllarlo.

«Salve» squittii. «Come stiamo oggi?»

«Esausto. Avevo una scadenza per un progetto. Ho inviato l'ultima parte del lavoro meno di un'ora fa. Ora sono davanti alla TV e sto vegetando.»

Feci una pausa. «Allora non hai provato a chiamarmi?»

«No, perché?»

«Stavo tornando dal gruppo di studio e non ho fatto in tempo a rispondere al telefono. Non hanno lasciato un messaggio.»

Ci fu un rumore, come se stesse sistemandosi sul suo frusciante divano di pelle. «Sai che lascio sempre un messaggio. Anche se detesto farlo.»

«Vero. Quindi immagino che non abbia controllato la tua mail?» Giocherellai con il cordone del telefono, sentendomi di colpo nervosa, senza capire esattamente perché.

«No. Non ho fatto altro che lavorare sull'aggiornamento di quel sito web. Perché, mi sono perso qualcosa?»

«Mmm, ho mandato qualcosa a te, a Kat e a FallenOne per avere un'opinione. Gli altri due mi hanno risposto, in un certo senso, e mi chiedevo che cosa ne pensassi tu.»

«Un secondo, apro il laptop...» Mi schiari la voce, desiderando di colpo di non essere al telefono mentre leggeva. Volevo *veramente* sentire la sua reazione in tempo reale? «Io vado...»

«È uno scherzo, vero?» M'interruppe Heath. «Il Manifesto di una vergine?»

«L'ho scritto, così, quasi per scherzo.»

«Okay.» Fece una pausa e potei solo presumere che stesse ancora leggendo. Mi agitai sulla sedia, a disagio.

«Trattatello interessante, Mia. A che serve? Stai difendendo il tuo diritto di restare vergine senza essere giudicata o in qualche modo stai cercando di dire che vuoi approfittare del fatto di essere una vergine?»

Sbattei gli occhi. «Io, uhm, la seconda, in effetti.»

Una lunga pausa. «Mi sono perso. Puoi ricominciare dall'inizio?»

«Qualche settimana fa, Fallen e io stavamo giocando insieme perché tu... eri fuori e anche Kat...» Meglio non ricordargli che era fuori con quello che ora era il suo ex. «Lavoravamo a quella stupida missione dei fuochi d'artificio e io avevo la stupidite. Quando siamo tornati in città, c'era una donna su un palco nella piazza della città, che si era messa all'asta.»

Heath si mise a ridere. «Sì, l'ho già vista in giro. Una volta ci ha provato con me. Ho dovuto dirle gentilmente che non era il caso, che era fuori strada. Presumo che ti abbia ispirato a parlare sul tuo blog del fatto che si stava offrendo all'asta per fare cyber-sesso?»

«Mi ha ispirato, ma non solo per scriverlo sul blog.»

Heath scoppiò a ridere. «Sicuramente non vuoi metterti *tu* all'asta...»

Esitai, sperando che arrivasse alla conclusione giusta, sentendo il timore già apparente nella sua voce.

Dopo un minuto di silenzio nervoso, Heath parlò di nuovo. «È esilarante, Mia. Mi hai fregato. Per un minuto mi hai spaventato a morte.»

Deglutii. «Io... mmm... non stavo scherzando.»

Silenzio.

Ancora silenzio.

Non riuscivo nemmeno a sentirlo respirare. Niente.

«Di tutte le cazzate assurde che ho sentito... e ne ho sentite un bel po', se pensiamo con chi avevo una relazione, non ho mai sentito niente di più ridicolo. *Per favore*, dimmi che è uno scherzo.»

Sospirai, tentando di buttarla sul ridere. Non è che fossi poi così sicura di quell'idea, no? Era tutto... accademico. Stavo cercando di capire se avrebbe funzionato, almeno era quello che mi dicevo. Ma qualcosa in fondo mi diceva di *non* rinunciare. «Ho appena detto che non stavo scherzando» risposi sommessamente.

Un altro lungo silenzio. Presi una penna e cominciai a scarabocchiare sul retro di una busta. Cerchi e quadrati, tutti interconnessi. La mia penna ripercorse le stesse linee più e più volte, scavando profondi solchi nella carta.

«So che stavamo parlando di perdere la verginità, ma non è *questo* che intendevo. Mi hai anche chiesto se tu avessi mai fatto qualcosa di stupido e, *finora*, ero d'accordo che non era così. Merda. Questa è una follia. Perché poi prenderesti in considerazione una cosa simile?»

Mi spostai sulla sedia. «Penso di averlo definito chiaramente nel manifesto.»

«Stronzate. Qui si tratta di soldi. Dimmi che cosa sta succedendo.»

«I soldi sono un bonus, sì. Mi piacerebbe avere i mezzi per pagare l'università e, mmm... altre cose.»

«Che altre cose?»

Gli spiegai brevemente delle fatture di mia madre e dei solleciti delle rate del mutuo. Heath risucchiò il fiato e ribatté: «Perché non me l'hai detto? Avrei potuto aiutarti...».

«Stavi avendo i tuoi casini anche tu in quel momento» risposi, riferendomi alla sua rottura. «E avevo la situazione sotto controllo, per quello che potevo.»

«Non ci arrivo. Hai avuto un brutto periodo, con il fallimento del test e la malattia di tua madre e adesso i problemi finanziari. Lo capisco. Ma è solo quello: un brutto periodo. E passerà.»

«Forse voglio fare qualcosa di proattivo, invece di aspettare mentre la vita continua a mettermi davanti degli ostacoli.» La mia voce tremava mentre la mia convinzione cresceva. «Forse voglio superare...»

«Come faresti a realizzare una cosa simile? Nel caso te lo debba ricordare, la prostituzione è illegale in questo paese.»

Fissai senza vederlo un pezzo di parete vuota davanti a me. «Non *dappertutto* in questo paese. Ci sono bordelli legali e sicuri in Nevada. Potrei contattarne uno e chiedere il loro aiuto.»

Heath emise quello che sembrava un ringhio di frustrazione. «Non riesco nemmeno a immaginare una stronzata simile, Mia.»

Mi si annodò lo stomaco. L'approvazione di Heath significava tanto per me che procedere senza di lui quasi mi bloccò di colpo. *Quasi...* «Mi piacerebbe avere il tuo sostegno, ma potrei anche continuare senza, se necessario.»

«Vuoi che ti *aiuti* a metterti all'asta per qualche sconosciuto? Ti rendi conto che vorrà dire fare sesso con qualcuno, giusto?»

Sbuffai, non degnando di risposta quella stupidaggine. I cerchi e i quadrati, adesso, erano diventati un X rabbiosa, incisa così profondamente nella carta da segnare anche gli strati sottostanti.

«Non posso costringerti ad aiutarmi se non vuoi...» La mia voce tremava, ma stava sorgendo una nuova possibilità. *Ci sarei riuscita?*

Heath borbottò qualcosa di incoerente, probabilmente disseminato di parolacce, e poi disse: «Sono esausto, non riesco a pensare in modo coerente e non sto veramente elaborando molto bene la notizia. Voglio vederti domani per parlarne».

«Okay. Sono qui e disponibile.»

«Promettimi che non farai *niente* e non procederai in nessun modo finché non ne parleremo.»

«Se ci incontreremo domani, non c'è molto che io possa fare tra ora e allora.» Alzai le spalle, anche se sapevo che non poteva vedermi.

«Non devi contattare bordelli o niente del genere. Resta ferma per ventiquattr'ore. Per favore, è tutto quello che ti chiedo.»

«Tutto quello che chiedi, prima di fare di tutto per farmi cambiare idea?»

Heath sospirò, paziente. «Promettimelo e basta.»

«Okay. Lo prometto.»

Riappendemmo e subito dopo mi presi il volto tra le mani, strofinandomi gli occhi. Anche se non l'avevo fatto capire a Heath, ero ancora indecisa. Mi piaceva *l'idea* dell'asta, ma ne odiavo la realtà. Mi piaceva la testimonianza che avrei reso e al contempo detestavo il fatto che avrei dovuto impegnarmi per almeno una notte di sesso per riuscirci.

Probabilmente era tutto astratto. Non sarei arrivata a niente. Non avevo il fegato per portarlo fino in fondo.

O sì?

Come quand'ero in subbuglio, feci quello che mi piaceva di più: m'infilai pantaloncini e scarpe da running, ma poi, invece di andare verso la porta, accesi il computer e mi collegai al gioco.

Non sapevo perché mi aspettassi che Fallen fosse collegato. Lo faceva raramente durante il giorno. Ma le ultime volte in cui mi ero collegata, qualunque fosse l'ora del giorno o della notte, si era collegato anche lui poco dopo. Come se avesse capito qual era il mio schema per collegarmi e sapesse quando cercarmi.

E non lo avrei ammesso, nemmeno a me stessa, che mi collegavo per trovarlo. O per aspettare che mi trovasse.

Dopo circa un'ora in cui ero corsa in giro a fare cose da sola, si accese una notifica nella finestra di dialogo sul mio schermo. Fui un po' delusa di vedere che era Katya, non Fallen.

Mi mandò immediatamente un messaggio.

*Persephone a te: *Ehi, baby, accendi la chat vocale.*

Cliccai sulle impostazioni, dato che era passato un po' da quando avevo acceso la chat vocale. Ultimamente tendeva a rallentare il gioco, quindi non usavo molto quella funzione.

«Dimmi! Allora, quel Manifesto era una cosa seria?»

Giocherellai con la cuffia, sistemandola in modo che gli speaker mi coprissero le orecchie. «Sì... sì» dissi, cercando di nascondere il dubbio nella mia voce.

«Wow, sei cazzuta, ragazza. Sono impressionata.»

«Grazie.»

«Heath ha detto qualcosa? Gli uomini sono così strani quando si tratta di cose del genere.»

«Già.» Sospirai. «Non la stanno prendendo bene.»

«Stanno? Chi altri? *Fallen?*»

Mi agitai sulla sedia, afferrando un giocattolino degli Happy Meal che avevo collezionato un'eternità prima. «Sì, mi ha mandato una risposta molto concisa. Gli ho riscritto, dicendogli che ero seria e non ha più detto niente da allora.»

«Sono passate solo poche ore, giusto? Non me ne preoccuperei. Ha degli orari un po' strani, ricordi?»

Gettai nella pattumiera la busta ora completamente coperta d'inchiostro. «Sì, immagino di sì.»

«E, inoltre, probabilmente se l'è presa male, dato che prova qualcosa per te.»

Mi accigliai. «Di che diavolo stai parlando?»

«Oh, dai, non fare l'ingenua. So che probabilmente lo sospettavi anche tu. Ricordi quando abbiamo applicato il metodo scientifico.»

Sbuffai. «Stavamo scherzando. Non prova niente per me!» Mi spostai di nuovo e cercai di ignorare la stessa sensazione che avevo quando lo cercavo e lui si faceva vivo. Non c'era la minima possibilità che una cotta come questa potesse arrivare da qualche parte, quindi meglio sopprimerla appena possibile. «Come potrebbe? Non ci siamo mai visti di persona... non abbiamo mai avuto una conversazione decente al telefono.»

«L'amore trova dei modi...» disse Kat con la voce sognante.

Amore... erano solo parole al vento.

Sbuffai. «Sei pazza.»

«*Un mucchio* di gente trova l'amore online. E un mucchio di gente forma un legame attraverso i giochi online, come Dragon Epoch. Non è impossibile, Mia.»

«Ma per poter essere amore, dev'essere reciproco. E non lo è.»

«Sei *sicura?* Sospetto da parecchio che potresti avere una piccola cotta anche tu.»

Stavo arrossendo furiosamente, lieta che non fossimo in video per via del calore che irradiava dalla mia faccia e dal petto per l'imbarazzo e, sì, perché ammettevo ciò che stava dicendo.

«Penso che tu sia un'illusa che stia proiettando quello che provi tu.»

Kat sospirò a lungo. «Se lo dici tu. Andiamo ad ammazzare un po' di roba... forse avrai le idee chiare sulla tua asta dopo aver compiuto un massacro virtuale.»

«È sempre la cosa migliore per scatenare la mente creativa.» E scoppiai a ridere.

E così facemmo. Invece di compiere delle missioni, ci parcheggiammo nell'angolo molto popoloso di una segreta e attirammo le creature appena risorte, continuando a ucciderle.

Fallen non si collegò quella sera, e questo provocò in me una sensazione di delusione, quasi di irascibilità, oltre a tutto il resto. I sospetti di Katya mi spaventavano e mi entusiasmavano allo stesso tempo. Ma che cosa significava, alla fin fine? Come poteva nascere qualcosa di prezioso tra di noi quando insisteva a nascondermi tutto? FallenOne non sarebbe mai potuto essere niente di più di un buon amico online per me. Tra qualche anno saremmo probabilmente stati degli estranei.

Ciononostante, dopo tutti quegli ammazzamenti e lo scambio di battute con Katya, non ero più vicina a decidere che cosa avrei fatto veramente riguardo al manifesto.

***

Per la prima volta da tempo, dovetti lottare contro l'insonnia. E quando finalmente riuscii a addormentarmi, sognai ogni minuto, svegliandomi esausta. I sogni arrivavano insistenti, come rinascite nel gioco, di continuo.

In un sogno ero nel ranch, ad Anza... solo che era deserto. Ero completamente sola. Mia madre, i manovali del ranch, perfino i cavalli erano spariti. Era come se fossi l'ultima persona sulla terra. Gironzolavo per il ranch, chiamando mia madre, chiamando tutti, senza ottenere risposta. Il vento e le mie chiamate echeggiavano senza risposta.

Poi ero seduta a un banco in un'aula luminosa, con un test in bianco davanti a me. Ma non riuscivo a leggerlo o a capire qualcosa. Il foglio era coperto di simboli senza senso, o forse in una lingua straniera che non riconoscevo. Avevo una pila di matite perfettamente allineate sul banco, tutte nuove, appuntite, pronte da usare. Ma, a ogni minuto che passava e io continuavo a fissare quel foglio, diventava sempre più difficile capire. Era la mia ultima possibilità di fare il test ed ero completamene persa.

Mi svegliai ansimando, cercando aria.

E con una nuova convinzione. Odiavo questa sensazione di impotenza. Sarei stata proattiva. Era ora di assumere il controllo.

Ma non rifacendo finalmente quel maledetto test. Per *quello* non ero pronta.

Più tardi quel pomeriggio, Heath apparve alla mia porta, con la borsa del laptop a tracolla sul torace massiccio e un'espressione solenne sul volto. Senza dire una parola, mi feci da parte e lo feci entrare.

Lui si sedette con cautela sul mio vecchio e scricchiolante divano e io scelsi il cuscinone sul pavimento. Poi gli offrii una bottiglietta d'acqua gelata, che aprì, svuotandone subito metà.

«Io ho veramente, *veramente,* bisogno di sapere che mi stai prendendo in giro con questa stronzata» fu come cominciò.

Inarcai le sopracciglia, mordendomi il labbro. «Non sono così crudele.»

Heath allungò la mano, aprì la borsa ed estrasse il laptop, aprendolo di scatto, con decisione.

«Ho pensato a una lista di alternative a quella cretinata di asta.»

Mi arrabbiai ancora di più e incrocia le braccia sul petto. «Adesso sono una cretina?»

«Tu no. L'asta, però sì. Ascoltami, per favore.» Indicò la lista. Wow, ci aveva proprio riflettuto a fondo. «Innanzitutto, hai finito i corsi, quindi puoi trovare un lavoro meglio pagato di quello che hai all'ospedale.»

«Ma il lavoro all'ospedale non serve solo per lo stipendio. Serve a costruire il CV per la facoltà di medicina. Ho bisogno di quel lavoro per il curriculum.»

«Okay, allora puoi trovarti un secondo lavoro.»

Annuii. «Bene, in un locale di spogliarelli, magari? Pagano bene, ho sentito. Peccato che, come ballerina, sia una vera frana.»

«Allora potresti servire ai tavoli da Hooters.»

Guardai il mio seno men che abbondante. «Solo un gay penserebbe che il mio davanzale sia sufficiente per un lavoro da Hooters.»

«Allora un lavoro regolare, da cameriera. O da receptionist. O qualunque cosa non sia metterti sulla schiena e allargare le gambe.»

Lo fissai a muso duro. «Il prossimo.»

«Potresti vendere le tue cose di valore.»

Cominciai a ridere così forte da non riuscire a respirare. La mia vecchia auto poteva forse rendermi uno o due migliaia di dollari. Ecco tutto. Sapeva perfettamente che non avevo niente di valore. Né gioielli, né attrezzature elettroniche costose. Niente.

«Okay, okay. Speravo solo che avessi qualche cimelio di famiglia o roba simile.»

«Sì, ho i milioni in buoni del tesoro del mio assente Donatore Biologico Di Sperma. Ma li stavo tenendo da parte per un'occasione speciale.»

Heath sbuffò e riprese a leggere sul laptop. «Ci sono i prestiti.»

Alzai le mani. «Sono già in debito di migliaia e migliaia di dollari. Per favore, basta. Non mi stai aiutando. Non pensi che abbia già passato in rassegna tutto quanto? Come diavolo posso guadagnare abbastanza in un breve periodo di tempo per aiutare mia madre con il problema del mutuo?»

Heath scosse la testa. «Non sai nemmeno a quanto ammonta il debito.»

«Sono migliaia di dollari. Quello è sicuro. Ora, per favore, smettila di trattarmi con condiscendenza.»

Heath arrossì. «Non stavo cercando...» chiuse gli occhi e fece un profondo respiro.

«So che le tue intenzioni sono buone» cominciai a dire e lui strinse i denti.

«Puoi smetterla *tu* di trattarmi con condiscendenza. Sto solo cercando di farti entrare un po' di buonsenso in testa e dimostrarti che quella scelta drastica e distruttiva *non* è l'unica alternativa.»

Si strinse nelle braccia, spostando il peso, col divano che scricchiolava. «Non ti posso dire come mi sento al riguardo. Era tutta una discussione innocua quando stavamo solo parlando di perdere la tua verginità. Adesso vuoi *monetizzarla?* E per quale motivo? Se tua madre scoprisse quello che stai facendo per aiutare lei, darebbe fuori di matto.»

Mi chinai in avanti, lanciando fiamme dagli occhi. «Lei *non* lo verrà a sapere, vero?»

Heath fece una smorfia. «Non da me. Ma, Mia, è una pazzia. Veramente, devo dirti che è una pazzia. Pensaci per favore e...»

Pestai il piede sul pavimento. «Ci *ho* pensato. *Costantemente.* Quindi per favore non fare l'ometto saccente con me.»

Heath rise, gettando indietro la testa sullo schienale del divano, esasperato. «Non sto cercando di fare il saccente. Gesù... Io... voglio solo il meglio per te, voglio che tu abbia un'esperienza migliore la tua prima volta, rispetto a quello che stai programmando. Voglio dire, uno squallido estraneo da qualche parte in una stanza d'albergo o qualcosa di simile?»

«Beh, hai detto che la prima volta non è comunque mai un granché. Perché non farlo con una bella lista di regole e condizioni. È il *mio* corpo e decido *io* che cosa gli succede.»

Heath restò assolutamente immobile ed emise un lungo sospiro. Tirò su la testa, guardandomi negli occhi. «Allora è di *questo* che si tratta? Avere il controllo della situazione. Per quello che ti ha fatto Zach alle superiori?»

Unii le mani. «Il controllo è molto importante per me. Specialmente dopo quest'ultimo anno, dopo aver quasi perso mia madre. E aver fallito il test d'ammissione. Non è solo ciò che è successo alle superiori. È... tutto l'insieme.»

Heath annuì, con la bocca leggermente aperta. «Ma non è solo il controllo su quella notte. Vuoi avere il controllo su tutto. *Come* succede, che cosa succede dopo...» la sua voce si spense.

Sostenni il suo sguardo e annuii lentamente. A me sembrava completamente ovvio, ma a lui si stava accendendo la lampadina, cominciava a capire.

«Penso di cominciare a capire la faccenda del controllo.» Continuò a fissarmi.

Sospirai. «Non c'è bisogno di psicoanalizzarmi. Non sei il mio strizzacervelli.»

«Forse dovresti fare una chiacchierata con la tua.»

Feci spallucce. «Magari lo farò, la prossima volta che andrò ad Anza.» Non avevo intenzione di farlo, intendiamoci, ma se serviva a far sentire meglio Heath, perché non dirlo? «Alla fin fine si tratta del mio corpo. La mia decisione. E lo farò, con o senza il tuo aiuto, Heath.»

«Giuuusto...» annuì. «*Ma* se vuoi il mio aiuto, devi convincermi che lo stai facendo per i giusti motivi.»

Mi morsi il labbro. «E quali sono i motivi giusti, Heath? Qualunque siano le mie ragioni, sarebbero quelle giuste per me.»

La sua espressione cambiò. «Mi dispiace. Sono sembrato arrogante, vero? Come se fossi in grado di determinare che cos'è meglio per te. Solo... solo non voglio che tu sia ferita, Mia.»

Mi alzai e mi sedetti sul divanetto con lui, nel poco posto che restava tra il suo grosso corpo e la borsa del laptop. «So che non volevi sembrare arrogante. Ma sai che sono un'adulta, vero?»

«Mia...» Heath scosse la testa mentre si chinava in avanti. «Devi esserne sicura. E *devi* essere cauta. È roba grossa quella di cui stiamo parlando.»

Feci una risata un po' tremolante. «Lo so, spaventa a morte anche me.» Ed era vero... sentivo il cuore battere nella carotide, facevo fatica a deglutire. Quel momento, quel battito di ciglia in cui avevo preso la decisione definitiva, era assolutamente terrificante.

E anche... liberatorio.

«C'è così poco che posso fare per lei. Così poco che abbia il potere di fare. Ma *questo* posso farlo. Heath, per favore...»

Heath chiuse gli occhi, stringendosi la radice del naso. «Ti aiuterò, allora. Ma solo se mi lascerai controllare tutto.»

E pensava che fossi io quella che aveva problemi di controllo? Arcuai le sopracciglia, fissandolo. «Solo se significa che non annullerai l'intera faccenda.»

«No, non lo farò. Sarai tu a decidere se proseguire o meno, ma voglio poter dire la mia sui particolari. Come la organizzi. Come ti proteggi. Il legalese. Ho un amico avvocato che potrebbe aiutarti, penso.»

Annuii. «Sì, così va bene. Posso...» persi la voce, soffocata dall'emozione. «Heath... grazie.»

«Aspetta a ringraziarmi. Non abbiamo idea di come finirà questo circo degli orrori.» Si chinò in avanti e mi avvolse in uno dei suoi abbracci da orso. «Sai che farei qualsiasi cosa per te e farò tutto ciò che potrò per proteggerti.»

«Lo so. Grazie. E io farò tutto il possibile per non aver bisogno di protezione.»

«Qualunque viscido vincerà l'asta e verrà a letto con te...»

«Non pensiamola così» dissi, parlando contro la sua spalla. «Forse c'è una brava persona lì fuori cui interessa assicurarsi che la mia prima volta sia buona.»

«E *tu* pensi che io sia un idealista.»

«Beh, chiunque sia, *io* penserò a *lui* come a un mezzo per assicurarmi il futuro e dimostrare il mio nuovo paradigma.» Tentai di ignorare il groppo in gola. «Andrà tutto bene, Heath» dissi e smisi di colpo di parlare quando la mia voce tremò. Lui mi strinse più forte ma non disse niente. Io chiusi gli occhi e gli appoggiai la testa sulla spalla.

Speravo solo che, chiunque fosse stato l'uomo, avrebbe lasciato un segno anonimo e blando sul mio passato, senza lasciare un ricordo indelebile. Sarebbe stata una notte della mia vita e nient'altro sarebbe cambiato, eccetto il mio conto in banca e il mio status di vergine.

Semplice.

*****

«Okay, voltati dall'altra parte e, uhm, appoggiati alle rocce.» Heath teneva la macchina fotografica di fronte a sé, guardando nel visore sul retro mentre continuava a cliccare.

Era passata una settimana dalla nostra conversazione nel mio appartamento. Dovevo dargli atto che non aveva più cercato di farmi cambiare idea.

Seguivo le sue istruzioni, cercando di ignorare gli spettatori curiosi che ci guardavano mentre passavano. Avevo un bikini giallo a pois neri e il vento sulla spiaggia faceva volare i miei capelli da tutte le parti. Li scostai dalla faccia e inclinai i fianchi verso destra, sentendomi allo stesso tempo sciocca e audace.

Uffa. Non indossavo mai i bikini. Non perché non mi piacesse il mio corpo. Mi ero sempre trovata bene con me stessa, forse desiderando solo un seno un po' più abbondante.

Ma *l'ironia*. L'ironia di posare con un vero bikini di tessuto per un'asta, quando avevo passato tanto tempo a inveire contro i bikini metallici che spesso rivestivano gli avatar virtuali delle donne...

In tutta onestà, mi sentivo un'ipocrita.

E mi sentivo inadeguata. Avevo già mentalmente accettato il fatto che sarei andata a letto con un estraneo che avrebbe pagato per il privilegio di deflorarmi. *Quello* lo avevo accettato. Ma l'ultima goccia, mettermi in una posa sexy con questo bikini, trasformarmi in un oggetto sul molo di Corona del Mar, sembrava avvicinarsi al limite dell'intero mio schema illecito.

Avevo la gola stretta e, stranamente, mi sentivo distaccata da ciò che c'era intorno mentre Heath mi ordinava di fare il broncio per la macchina fotografica. Se non fossi stata in quello strano stato di fuga dissociativa, fuori dalla mia stessa realtà, gli avrei riso in faccia.

Le cose stavano diventando reali.

Più tardi quel giorno, Heath mi mandò le foto. Erano decenti, ritagliate in modo da nascondere la mia identità.

Preparai il post. C'era innanzitutto il *Manifesto di una Vergine*, insieme alle foto e a un link al sito dell'asta. Quel link portava a un altro server e a un sito completamente fuori dal paese, tutto impostato da Heath. Mi ero data tre settimane per l'asta e speravo che avrebbe minimizzato l'eventuale attenzione mediatica che avrebbe potuto generare. Con un po' di fortuna, avrei potuto chiudere l'accordo subito dopo.

Programmai il post perché venisse pubblicato la mattina seguente, mentre ero ancora al lavoro, sperando di aver messo in atto abbastanza salvaguardie da proteggere la mia anonimità.

Eeeee... quel giorno restai lontana dai social media. Andai al lavoro e al gruppo di studio e non aprii il mio browser nemmeno quando arrivai a casa.

Evitai anche le e-mail.

Invece, mi collegai a Dragon Epoch e controllai la lista dei miei amici. Non c'era nessuno online. Feci qualche piccola missione e, voilà, mezz'ora dopo, si accese la finestra delle notifiche.

*Il tuo amico FallenOne si è collegato.

Il mio schermo lampeggiò immediatamente con un nuovo messaggio privato da Fallen.

*FallenOne a te: *Hai veramente intenzione di lasciarti scopare per soldi da un estraneo?*

Restai a bocca aperta e mi tirai indietro. Wow. Non ci stava girando intorno, eh? Ci stava andando giù pesante da subito. Non era da lui, in effetti. Strinsi i denti e misi le mani sulla tastiera per scrivere la mia risposta.

*Io a FallenOne: *È un modo piuttosto volgare di parlarne. Riguarda il mio nuovo paradigma. È una dichiarazione femminista.*

*Lui: *È prostituzione. Ti stai volontariamente trasformando in una comune prostituta.*

*Io: *Una volta. E sarà fatto tutto in modo perfettamente legale.*

*Lui: *Chi se ne frega della legalità? Ciò che stai facendo è distruttivo. PER TE. Per il tuo futuro.*

*Io: *È il MIO corpo.*

*Lui: *È quello che dice ogni drogato, ogni alcolizzato, ogni persona anoressica.*

*Io: *Sei interessato a parlarne da adulti o hai solo intenzione di insultarmi?*

*Lui: *Se pensassi che mi ascolterai, ti farei cascare le dita a furia di chattare.*

*Io: *Okay. Bene. Ti sto ascoltando.*

*Lui: *Mia, hai pensato a come influenzerà il tuo futuro? Se incontrerai qualcuno di cui ti innamorerai... e dirai al tuo futuro marito che sei stata una prostituta per una notte?*

*Io: *E tu hai intenzione di parlare alla tua futura moglie di quella volta che hai scopato una ragazza sul tavolo delle riunioni nell'ufficio di tuo zio? Che differenza fa? Quanto sa, o quanto vuole veramente sapere, la gente degli amanti che ha avuto il suo o la sua partner?*

*Lui: *Non è la stessa cosa. Assolutamente.*

*Io: *E se ti innamorassi di una donna e stessi per sposarla, sarebbe diverso se ti dicesse che si era venduta per soldi in passato? Romperesti con lei per quello?*

Continuammo così, per ore. Mi facevano male le dita e lui continuava a scrivere. A volte trattati lunghi paragrafi sulla natura distruttiva del lavoro in ambito sessuale e come quelle azioni fossero in realtà contrarie al messaggio femminista che volevo trasmettere nel mio blog, non importa quanto li avessi espressi in quello "stupido manifesto".

Fallen diventava sempre più frustrato e più insultante man mano che continuava la serata. Quando i miei occhi cominciarono a lacrimare e a sembrare pieni di sabbia perché stavo sbadigliando troppo, capii che avrei dovuto andare a letto molto presto. Ma non volevo essere la prima ad arrendermi in quella conversazione.

E in quanto a Fallen, capivo che per lui *era* veramente importante che cambiassi idea.

Comunque si rifiutava di dirmi veramente perché gli importasse tanto. *Sì*, era ovvio che per lui l'argomento era importante, ma sembrava che non gli importasse veramente di *me*. Continuava a non dire niente di sé. Quindi, chiaramente, io non ero abbastanza importante.

*Lui: *Alla fine, stai volontariamente trasformandoti in merce guasta.*

*Io: *Scusami, ma non la vedo così. Non giudicarmi. Sei come Malcolm Reynolds e la sua ipocrita mancanza di rispetto per Inara.*

*Lui: *Questo non è *Firefly*, Mia. Questa è la vita reale, non la TV.*

Come mi aspettavo, aveva capito perfettamente il riferimento.

*Io: *È un esempio.*

*Lui: *Inoltre, Mal rispetta Inara. Ciò che detesta è la sua professione. E tu non sei un'accompagnatrice registrata, come Inara. Che è qualcosa che non esiste nemmeno nel nostro mondo. Firefly è il frutto dell'immaginazione di Joss Whedon. Tu che allarghi le gambe per qualche disgustoso John non lo è.*

*Io: *Smettila di parlare come se fossi una bambina.*

*Lui: *Sto solo cercando di farti entrare un po' di buonsenso in testa.*

*Io: *Come perdo la verginità sono solo affari miei.*

*Lui: *E, ovviamente, gli affari di quel disgustoso pervertito che ti compra.*

*Io: *Non ho intenzione di continuare a sopportare questa merda. Riservala a qualcun altro.*

*Lui: *Beh, non voglio trattenerti oltre. Sono sicuro che non vedi l'ora di cominciare la tua asta. Che vinca il maniaco migliore.*

*FallenOne si è scollegato da Dragon Epoch.

Rimasi seduta, allibita, a fissare lo schermo, notando il peso che mi era caduto nello stomaco. Gli occhi cominciarono a bruciare.

Solo un po'…

Forse… forse non lo avrei mai più visto online.

E forse l'asta era un errore. Ma era un *mio* errore.

Forse lui aveva ragione e le ramificazioni di quell'unica notte si sarebbero riverberate per tutto il resto della mia vita. Chi sapeva che cosa c'era lungo la strada che stavo per intraprendere?

Ero a un bivio… senza sapere dove portavano le strade. E, con il cuore che batteva forte e una gelida paura in gola, mi preparai a fare la mia scelta.

Sperando che quella strada non cedesse sotto i miei piedi e non mi portasse a un completo disastro.

Brenna Aubrey è un'autrice bestseller di USA TODAY di romanzi contemporanei centrati sulla cultura geek.

Ha sempre cercato conforto in un buon libro e nelle storie lunghe e convolute che intesse nella sua testa. Brenna è una ragazza di città con un grande amore per la natura nel cuore. Quindi, appena può, cerca i grandi spazi verdi e aperti. È anche una mamma, un'insegnante e una geek, una francofila, un'indomita dipendente dai videogiochi, nonché un'accumulatrice compulsiva di libri.

Attualmente risiede sulla costa occidentale degli Stati Uniti con suo marito, due bambini e due adorabili golden retriever.

Ulteriori informazioni sul sito www.BrennaAubrey.it.